U0623369

编委会

梦中的江南水乡

第五届"恋恋西塘"诗歌大赛优秀作品集

张敏华　主编

上海文化出版社

图书在版编目（CIP）数据

梦中的江南水乡：第五届"恋恋西塘"诗歌大赛优秀作品集 / 张敏华主编． — 上海：上海文化出版社，2022.10

ISBN 978-7-5535-2609-6

Ⅰ．①梦… Ⅱ．①张… Ⅲ．①诗集—中国—当代 Ⅳ．① I227

中国版本图书馆 CIP 数据核字（2022）第 187007 号

出　版　人　姜逸青
责任编辑　吴志刚
　　　　　　王茹筠
装帧设计　长　岛

书　　名：梦中的江南水乡——第五届"恋恋西塘"诗歌大赛优秀作品集
主　　编：张敏华
出　　版：上海世纪出版集团　上海文化出版社
地　　址：上海市闵行区号景路 159 弄 A 座 3 楼　201101
发　　行：上海文艺出版社发行中心
　　　　　上海市闵行区号景路 159 弄 A 座 2 楼　201101　www.ewen.co
印　　刷：苏州市越洋印刷有限公司
开　　本：880×1230　1/32
印　　张：6.375
版　　次：2022 年 10 月第一版　2022 年 10 月第一次印刷
书　　号：ISBN 978-7-5535-2609-6 / I·1009
定　　价：42.00 元
告　读　者：如发现本书有质量问题请与印刷厂质量科联系 T：0512-68180638

古镇日出

古镇日落

古镇之春

古镇之夏

古镇之秋

古镇之冬

古镇之晨

古镇之夜

序："风"激情地旋舞在西塘上空

诗歌激情下的西塘是美丽、清新的，犹如悬挂在夜空中的一轮金黄色的圆月，在深蓝如洗的天幕上，散发出独有的光辉，既显得华丽夺目，又透出静谧、空灵的韵味。

西塘是美丽的，她的美丽除了外在的，还附有一种无法言传而只能意会的内在美，那是一种夺人魂魄之美，一种浸润在骨子里的美，但又一下子无法用语言明确表达的美。每当有友人谈到这种感觉时，我总会笑着回答，西塘的美你只品到了三味，还需慢慢地品味。为什么呢？我们常说，西塘是由春秋的水、唐宋的诗、明清的建筑与现代的人和谐构成的。从古到今，一路伴随西塘走来的是汉赋、唐诗、宋词、元曲，孕育着西塘的是文化的力量，是诗歌的韵律。所以，西塘的美，不仅仅是外在的美，还表现在深层次的历史文化之美。

在西塘的发展史上，以"风"为代表的中华诗歌传统从来就没有缺席过。除了历代来自全国文人骚客赞美西塘的诗篇外，西塘本地也有不少著名诗人，编写出版过多部诗集，如《斜塘诗抄》《西塘竹枝词》等。一部西塘的《斜塘志》，就是一部西塘诗歌史。而今天"恋恋西塘"诗歌大奖赛在西塘举行，全国众多著名诗人汇聚在西塘，用手中的彩笔，描绘醉人心魄的烟雨长廊，歌颂大自然的神奇造化，赞美匠心独具的明清建筑，抒发人与自然的和谐美好，更为今日西塘之美增添了永久的文化魅力。

我们赞美西塘的水灵动清澄，那是因为历史的沉淀，是日积月累形成的绝美奇观。在西塘，每一个港、每一条河都有其独特的生态风貌，都有属于它的故事和斑斓的色彩。站在西塘的水边，你会由衷地赞美造物主，是它通过大自然的精雕细琢，将珍珠般的西塘呈现在世人面前。

我们讴歌西塘的烟雨长廊，因为烟雨长廊经过历史的洗礼而独立于世，将西塘的美提升到一个新的高度，成为西塘不可替代的文化符号。在十里长廊面前，我们不能不惊叹西塘先民的勤劳与智慧。他们怀着高度的文化自觉，将"天人合一"的理念，融入了古镇的生产和生活，独具匠心地创造了古镇灿烂的文化，让西塘风韵永存于世。今天，除了由衷的赞美，爱护、保护大西塘之外，还要珍惜脚下这片美好的土地，这也是我们所有人的神圣责任。

当然，我们更应该赞美世世代代居住在西塘这片土地上的人民群众，是他们用自己的双手创造了美丽的西塘，是他们用自己的劳动呵护着秀丽的西塘，是他们在不断竞争的市场面前，抵御了各式各样的物质诱惑，将一个美轮美奂的西塘呈现在大家眼前，使我们在科学技术高度发达的今天，依然能够欣赏到明清风情。

恋恋西塘，西塘恋恋。碧水泱泱，风华绝代。

西塘是美丽的。作为后人，我们有责任将这美丽永久地保存和流传下去。举办"恋恋西塘"全球诗歌大奖赛，邀请全国众多著名诗人到西塘挥笔"论剑"，就是保护西塘、宣传西塘的一种行之有效的办法。"恋恋西塘"诗歌大赛已经举办了五届，取得了非常好的社会效益，也给新冠疫情笼罩下的西塘，带来了发展的动力。我们将继续将"恋恋西塘"诗歌大赛举办下去，也希望能有更多的诗人来到西塘，在书写西塘诗歌的过程中，留下他们惊艳的绝世华章。

"风"激情地旋舞在西塘上空。愿西塘成为诗意栖居的故乡，能引发人们无限的乡愁。

是为序。

2002年8月

（作者系中共嘉善县西塘镇党委书记）

目录

contents

◎三等奖作品

◎优秀奖作品

◎一等奖作品

西塘，长三角的一羽蝶（组诗）

陈于晓

慢，是快的同义词

入西塘，仿佛缓慢已成为一种标配
也许，是必须摇上一叶乌篷的
在被唐诗宋词顿挫着的古镇里
不如坐下来，等一等
正从春秋赶来的流水
明清的房屋，一岁又一岁，动过声色么
此刻，烟雨长廊声色不动

一色的红灯笼，被赋予等风、看云、
　　慢行、不忙……在欸乃声中一落
便成了枕水的客栈
她说西塘的内心古典
外表是现代的。抑或
西塘的外表古典，内心则是现代的

比如，在一张依旧的水网中
若隐若现着日新月异的互联网

水灵灵的田歌，时而被手机铃声取代
在笙歌婉转之时，其实古戏台已空
只有灰墙、水阁、乌篷依旧
依旧的乌篷，已驮不动老拱桥的斑驳
水边梳妆的人儿，还摇曳着旧时的身影么

我是坐着高铁抵达西塘的
乌篷和列车在我内心不断交替呈现着
此刻在西塘，慢和快是同义词
灵魂和身体，一起押着水的风韵

西塘，长三角的一羽蝶

在西塘，是可以感受海风的
这"海"，是上海的"海"
此刻，蔚蓝的海风不断地吹拂着她
扑面而来的，是"魔都后花园"的
玲珑与典雅。一卷色泽缤纷的新西塘
是从一枚水墨中欸乃而出的

当我写下嘉兴综合保税 B 区
或者调遣着富通、富士康这些名词
或者用"电商"这个关键词
搜索出长三角（西塘）商品展示展销中心
西塘，在长三角的辽阔中拍动着翅膀
"长三角"也是一个关键词呵
在浩浩荡荡云蒸霞蔚的长三角
我看见，西塘轻轻一落
就落成了"江南水乡、人居典范"

水天一色的祥符荡，拿粼粼波光
孵化着科创中心，多少创新的梦想
被清澈的水声温润。宜居新西塘
是一个梦想呵，比如，在荷池村和红菱村
仿佛有一只来自旧时光里的红蜻蜓
轻轻载我，入桨声呢喃着的童年

哦，我听见大海蔚蓝的涛声了
生态绿色一体化的长三角敞开着窗
一羽蝴蝶，在翩翩起舞，她叫西塘
在　次又一次的蝶变中
西塘，依然保持着她那优雅的模样

歇脚西塘，悟禅

蛙声说着西塘的时候
西塘是一粒圆润的香米
十里桑园说着十里西塘的时候
人家在丝绸之上流淌
当咿咿呀呀说出西塘的时候
乌篷船就蓦地成了游鱼

送子来凤桥萦绕着
老西塘的一脉烟火，或者在烧香港
点燃的也是人间的香火一炷
薄雾起，烟雨廊棚又深了下去

樱花开处，是吴根，还是越角
流水从不问越角和吴根
云朵记不住籍贯，随心起落
落在谁家，也不是谁家的云朵
暮色中，邂逅西塘，炊烟淡淡起
五福桥上，忽地闪过一尾狐
到了环秀桥，变作鱼仙子。一种幻觉

歇脚西塘，或许，我守着的一盏灯火

就是我守着的家。随波摇晃的乌篷
或者月光，给灯火留出空白。今晚
流水是空白的事物，光阴在涨涨落落
不知身在西塘，我的梦在时间之外

纽扣，一种呼吸

一弯弯老拱桥，像一枚枚纽扣
扣住了胥塘河的来龙与去脉
一尾尾叫鱼的纽扣，被水草缝缀着
天光、云影、窗与花灯
聚成一波波的"吻"
像涟漪形态的纽扣，却是"幻"

早春的花朵，像极了盘香纽扣
扣上，是漫漫的岁月
解开，是咄咄逼人的风情
或者，这落满了老西塘的花朵
就是从旧年的马甲、短袄上掉落的

倘若，你听见一小片水声的响动
像醉里越音或者吴音的那一种

那是一枚贝壳纽扣在叙述着西塘的往事
贝壳坚硬，但往昔是柔软的
一枚小纽扣中，藏着西塘水的万千旖旎

落料、磨面、造型、打眼、去皮、
漂白、抛光……一道道工序
仿佛打磨的不是一枚纽扣
而是一颗匠心。此时，蓝印的西塘天空
正下着一场色彩缤纷的纽扣雨

在万物生长的西塘大舜村
纽扣是一枚枚精致的呼吸，温婉如天籁

把流水裁剪成一袭汉服

可以把西塘或者西塘的流水
裁剪成一袭汉服吗
款款在她的身上，这款款
淡雅着的全是流水的风韵

仿佛那一叶叶乌篷，正在汉的
万千气象中，静静穿梭着

风情这乌篷的，不是拱桥
也不是枕水人家，而是这衣袂飘飘
一阵风吹来，娇羞如水莲
曲裾轻舞，微凉，盛开在水上

交领右衽，褒衣广袖
这也是一种流水所绽放的风采吗
粉墙黛瓦间，一身清浅的素衣
一晃，时光就旧成了汉或者唐
若是穿过绵绵廊棚，或者长长青石板
也许你会发现，扑面而来的老西塘
宛如一袭襦裙霓裳，谁惊艳了谁

无意间轻挥衣袖，会挥走翩翩少年吗
今晚，在梦里或者灯火阑珊处回眸
你是嫁给丁香般的乡愁呢
还是嫁给某一个汉服飘逸的梦境

西塘之恋（组诗）

张凡修

瓦当之恋

白色的屋顶上。我们必须
把成为欢乐的事物
送还回去，保存
变成图像的事物的变化。
　　　　——（芬兰）图阿·福斯特罗姆

瓦当宁静。瓦当随西塘古建筑群体的改变
以装饰、以宁静。
在江南瓦当陈列馆，各式各样的瓦当
现身。能看见
纹饰。底色或黄或白，表面上有
蓝、豆青、孔雀绿……
衣服是釉做的，经过
高温还原焰

焰即火焰。秋叶下落的时刻，它推翻

积满多年的箱底。我们悄悄

收拾着……即使梅雨季节的天气

那些，大大的垂挂圆形的挡片，也一直与

　　檐头筒瓦前端

保持

对称。这是欢乐的事物

成为图像。也有束之高阁的部分

用交接构合填补，

也有瓦缝黏着的一粒草籽

掉下去

可以想象，跌落的语气

否定了错觉。

它们太容易，显露低微生命中的蛛丝马迹

然后痛彻，然后埋首

——纷扰渐渐理顺

瓦当画面与写意紧密交融——

四神、翼虎、鸟兽、昆虫、植物

云纹、文字、云……

"让我们谈谈我们所知道的宁静，

我们能够知道的，深切、可爱的宁静"

蓝印花布之恋

靠蓝色移动，其自身的蓝
……不是天空，不是火焰，不是雨水

——（智利）巴勃罗·聂鲁达

浅秋由衷地迷失。在每一个季节更迭的清
  晨里
蓝色准时印证花布的河流
一只蓝色的鸟
从廊棚里飞出来，"啾啾"地叫着
乌篷船缓缓移动，流水之上
涟漪散开。蓝印花布
一直在拓印她们的原形
木桨摇啊摇，二十四座石桥，经纬交织
更多时候，一截天空，是不可以
绕过去的。品质西塘。一块湿漉漉的
树冠。它表皮的花色
提醒我们，切不可置换
直到轻盈地移动置换成不偏不倚的航线
为了完整并有效，不论携带
雨，还是火焰，都不影响，蓝系的温润
一匹布的绽放必将

有滚动、惬意之虞。西塘繁华深处

北风撩开绣帏、酒旗……

每一个瞬间都有慰藉，与慈爱

蓝印花布反复地清晰

环秀桥之恋

他们说，多数叶子

还挂在树上；在这里，我们说，

多数话语还挂在人嘴边

　　　　　——（以色列）耶胡达·阿米亥

而高度是真实的。桥的两头

几棵高大的柳树和榆树，在皎洁的光线里

水面上徜徉着桥墩、树叶婆娑的倒影

一个人，只有站在桥上，才能感受出狭长水道

如钩。它纠葛于

你内心的水草。

走在桥上，桥体宽大。

针扎不进的昏黄。

"吸收它的空虚"。

境界总有豁口，桥栏杆损毁那一段

有麻雀停过，有太阳停过，有往事停过
肉眼测不出水面的宽度
只感觉透明地带狭长
用不了多久，水面会查验你的真身
但有时，你未必知道——
一个在高处鸟瞰水底成群的鱼儿的人
昨夜撒开欢
今早，便三三两两的了。
——雨燕多余出来，叽叽喳喳，用尾巴剪碎
　话语

红烛之恋

你醒了，蜡烛好像被它们自己点亮
星星集聚，梦倾进你的枕头
　　　　　　　　——（美国）马克·斯特兰德

拱孔里，一根隐秘的红烛
被点亮。仿佛某一扇格窗提前
竭力要点亮
码头。烛光与河流，相伴的感觉
是孤独的。它们都有勤勉的去处

某种殷红的沉默

"控制了夕阳、柳条、倒影、水底燃烧的磷"

红烛之光，不在于照彻，在于

陪伴。油纸伞直接泄露了阴影。我承受

阴影的焦虑并受限于真实

红灯笼站在阴影里，被遮蔽的光线

扶不起来

"随后是沿河四周的一切"

——只朝向我自己

有那么一刻，我静静伏在河沿

光芒晾在阴影里，是河沿最小

的光芒。阴影多了一种

形式和位置。由此

水面是凸的而光芒是凹的

至少从宏观上看

"岸上住着雨燕"。古弄恬静。烛光验证愈
　加频繁

"如同一个珍珠雨般的清晨、一阵甜美的

丁香雾"。点燃是一种孤独

不点燃也是一种孤独

西街之恋

我继续徜徉在旧日的甜蜜里

有时安慰它们

　　　　　——（芬兰）伊蕾内·索德格朗

市声鼎沸，烟雨长廊，细柳的丝绦一再

在微风中欠身

风中，西街移出一片，几乎是

被熙攘引领的卷轴

——自西向东：石皮弄、王宅、西园

中国纽扣博物馆、江南瓦当陈列馆

近景向外辐射，仿古建筑飞檐翘角

熙攘的商业气息与幽暗的回廊之间

异化、孤远，包括裂隙，四处绵延

——有风过境。近景终归是近景

所谓异化，就是专注、走神到内心

的物象产生了分蘖

宏伟全景中的近景导致的幻觉，让我们

在风中，沿街道体察

民俗、商业、美食

旅游等新时尚生活元素

风吹过大街的一张张脸，吹过

幽深，吹过颇有时代感的钢质牌楼

以及一长溜小木屋

风是一种很难拒绝的物质

许多昆虫飞来，交出了翅膀

天空是对称的，天空不因近景

的熙攘而阻止我们在白墙黑瓦的地方

仰视。白墙黑瓦

近前，小巷迭起，长廊绵延

酒旗、店铺。一拨离开，又一拨离开

青砖、方木，安于自己的位置

越简单的事情越口说无凭。就是有些爱

被锁定。徜徉，也被锁定

◎二等奖作品

西塘，时光中的铜镜（组诗）

震　杳

听雨西塘

初听，似一首诗吟，字润腔圆
不知来自哪个朝代，哪张面孔，在青石上
落墨成文

再听，如一曲古琴，缥缈绰婉
从《平沙落雁》到《广陵散》，渐次拨乱水面

接着，我的双耳变作轻薄的莲花
在雨中绽开：车马声，桨橹声，推窗声
叫卖声，昆曲声，打铁声，落雪声，磨墨声……

无数个西塘，叠在一个西塘体内；
我从幽微的雨中，分辨它们，如在水中捡沙

雨后，有些事物愈新，而另一些则更老。
一粒雨黏在檐上欲坠不坠，它还未想好
要滴在谁的耳中

西塘的水

西塘的水很静，翡翠一般
几乎没有浪花，几乎看不到它在流动

但"几乎"并不可信赖。多少事一直活在
微小的概率上；一座千年古镇，早该
破碎，被尘土掩埋
是流水给了西塘一线生机，把它拼合起来

不知不觉中，流水已非昨日
如沿河的街巷，不动声色中更换了门庭
春风叩开枝头，所遇皆非旧识

西塘的水很雅，大家闺秀一般
乌篷船是她扑闪的眸子，为你留着位置

跟着流水走，不必与尘世碰额

像古老的铜镜，水复制着西塘的美
镜中什么都有，镜中什么都无

西街老巷

一条时光的甬道，拐进去，如一场
穿越。斑驳的门板，雕花的木窗
旧灯笼落款般悬于头顶，店店
皆有入心的好名

扇子、丝绸、玉器，竹编，曾经人们
这样安静的生活，跑了很远的路
只为买一包盐
有人继续往秤杆里钉入星辰；不论
何年何月，秤都是尘世的脊梁
有人卖火，兼卖蜡烛

街上的阳光也是老的，黄铜色
薄薄包住街角的石头。猫卧在瓷器店里打盹
想买下些什么，又拿不定主意
我清楚唯有西塘的风月，才能养活这些旧物

纽扣博物馆

生活庞杂的经验中它们最小。除了
丢失时，但唯时已晚

西塘屋瓦下的小小博物馆
是谁把这么多纽扣聚集在一起，
那些衣服和衣服的主人怎么样了？
看了又看，我于其中寻找早年丢失的那颗。

瓷的，玉的，贝壳的，云纹的，莲花的
古人的，今人的……突破了
简单实用性的制作者，我把你看作诗人
你让生活变得有趣，让我想成为一个
浑身长满扣眼儿的人，被牵绊锁住

每颗纽扣，只认准一个扣眼儿
穿过扣眼儿，纽扣的一生才算安稳下来

石桥颂

顶住雨雪易，顶住春风难

石头十分单纯
从不去分辨踩在身上的众脚谁是谁的。
让它面向流水就面向流水，让它抱紧
自身的重量，就一直不肯放下

那年提刀的屠夫从桥上过，它未动；
另年，托钵的僧人走到桥心突然
念经，它也未动。
吴王的宫殿垮了，越王的楼台塌了
高处多么危险，有星夜夜陨落
石头跟着流水矮下身去，隐身民间

顶住落日的醍醐灌顶，不想开悟
但石头终究是石头，难忘青山
在骨缝里豢养着细软的青苔

在西塘，领受沧桑和爱情之光

（组诗）

华万里

因一次爱，突然想去西塘

因一朵云，引出行程
于是，天空在等我们到上面去
因一次爱，触动回忆
于是，血液着火，红玫瑰怒放，情切切
意匆匆，准备去恋恋西塘

我们想：乘云太慢，乘水太轻! 于是，决定
那就乘风吧! 于是
翅膀来了，我们开始飞翔! 天空落地，地面
　　吉祥
于是，到达西塘
启目有福，大开眼界，刹那
风景让我们成为风景

去看江南六大古镇之一

九龙捧珠，八面来风的风水宝地

去看吴根越角

如何峥嵘! 鱼米之乡形成了富裕之邦

去看 9 条河道

割出 8 个块区，纵横交错好奇之心

去看 27 座古桥

怎样拱高我们，广阔的土地，用什么

铺展千古画卷和江山风云

去看 1300 米长的廊棚，有多少朝代、达官、
　　进士、举人

名流、商贾，游客

从中走过，去看古宅大院，人清凉，灵魂高
　　洁

一个静字镇住了风

记住锦瑟十叠，柔肠百转，忘却

闲愁千般

去看 120 多条弄巷，穿越米行埭、灯烛街、
　　石皮弄……

去看古镇美食：芡实糕

薰青豆、一口粽

六月红河蟹、梅干菜烧肉，馄饨老鸭煲、肉
　　末野开心……

一种水滋养出万千繁盛

铜版铁琶，杨柳春风，隐藏在一部线装书里

去看西塘的未来，去读《西塘宣言》

去穿汉服，游西塘，与富裕同衣，与快乐同
　　袍

去看一座世界级科创绿谷的诞生

水乡客厅，坐满生态战略家

复兴策划人

精英实践者，钢铁意志

雷厉风行，阳光，春风，雨露

啊啊！因一次再爱，我们来西塘恋恋，一恋
　　就成为了西塘

自豪感万紫千红般靠近！于是

风景打动了我们

于是，天空辽阔，红日巨大

我们如比喻，霞光似锦

夜宿，卧龙桥畔小客栈

黄昏来临，廊棚的小红灯笼梦一样亮了
我们沿着顺时针方向
回到卧龙桥畔，进入小客栈，但能否
卧成龙与凤，已无关风月
重要的是陪着喜欢
一路饱览了"春秋的水，唐宋的镇
明清的建筑，现代的人"

我们坐在客栈二楼的栏杆边，泡壶青茶
面对灯火而饮，赞美
沿河建屋，依水而居的人，感叹"为郎而盖"
"行善而搭"的故事，这绝不是
"万年的雪
瞬间的云"，而是
翠鸟红菱常在，即便太阳落下
夕阳同样映红屋顶

回忆上午去游览并拜谒了根雕馆
薛宅纽扣馆、安境桥
烧香港、倪居、圣庙、狮于桥、烟雨长廊……
所到之处，必须留下诗句

还有，鞠躬

而下午，我们去了四环秀桥、种福堂，西园
在醉园我们差点醉了
并不是那里有酒，而是来自房主人的版画与
　书法
它们以刀之韵，墨之香
薰染了我们
那水乡之美，那玲珑小桥，那一声
鸟鸣中的寂静

今夜，肯定有梦，有银杏味的呼吸
也许还会间杂着
红酒一样的玫瑰醇香，于这初秋
爱情与传说住过的房间
梦中出现的星座
一定是熠熠生辉的西塘，在我们醒来时
在一场茉莉雨洗过的清晨

穿越，漫步风雨长廊

妹妹，我们正在穿越风雨长廊

阳光如谜语中的风
鸟声如思念里的雨，快快伸出手来
拍拍我身上的沧桑吧

妹妹，好似行走在幽深的山谷，花卉的长廊
一大群蝴蝶跟随着飞舞
把顾盼弄得十色斑斓
然后是老太阳，嫩月亮，凤凰引，鸳鸯步
忧伤背面
也开满了快乐的花

妹妹，我们不身带峭壁
不在长廊里抛掷闪电，动用雷声，只顺着
店铺的排列数认朝代
观赏糕点屋，手鼓店，咖啡吧，小餐馆……
它们形成琅嬛仙境
而风雨此时已在假设中，过去的是摇着折扇的
唐代白衣少年
过来的是今天的她们，绝色时尚美女

妹妹，在这长廊漫步，有时要提一盏灯笼花
四处照耀，有时
要捧一束百合，向人们频频致意

有时，我转向她，轻轻地
对着天空背诗："可以画下那朵云
别的云或者一团羊毛
一朵白玫瑰"

妹妹，风雨长廊里，不只有风雨
还有金色阳光
皎洁月色，四季清香，一派乐音
当然，也可以在这里听雨
琥珀珠子击打在棚顶，像奇特的吻
也可以在这里赏风
闻香，陪着河水转弯时，优美地
侧一下身

妹妹，我们在风雨长廊穿越
长了的是快乐奔跑，短了的是郁闷紧缩
哦哦！最好的是来了心上融雪者
伤口中开花吐蕊的人

离别，总得有杨柳依依

青釉色的天空，白云往南飞

一对很亮的鸟，眼中神情黯淡的表白始终未
　　曾说清
因为留连，因为即将离分
一种隐痛藤蔓样纠缠，让此际，多么地
想有，一大群美姬伫立河岸
频频挥手，杨柳依依

我们从乌镇来到西塘，又将从西塘去到周庄
一路上是最相爱的水送行
水跟随着我们
就如词有大河，诗有小溪，一旦飞溅
无论我的喜悦厚了一层
她的痛苦美如繁花，只要惹上，一定被浸
　　润

如果，往初里再看深一点
杨柳风，顺势吹，贯穿我们的多面体，甚至
　　多角形
一心要的欢愉来临
太阳如金瓜，爱情不再天各一方
最是那桥畔一夜
梦如廊棚形，清晨成解约

西塘，我们爱你的格式是一加一
等于二加二，十加十
直至加到无限，加到千千亿，加到幸福措
　　手不及
写给你的任何一个小字
都是大客栈，住下来来往往的三生三世
我们正值花开，怎能
将春风闭紧

噢噢！离别，故人相送，总得有杨柳依依
落叶不在此时枯黄
最好的水刚好泡软石头，西塘的爱
不在一瞬，而在永恒
我们挥挥手，难以回头
偏有燕子欢叫，时光碧连天
泪如雨下

西塘古风（五首）

范剑鸣

青　砖

从青砖的面孔上，我知道先民喜欢过一种
工整的范式——剔除草屑的泥土
加上烈火的韵脚，就能
抵押在岁月的河流中。作为承接
我喜欢每天捧出一本全集
把情感注入古老的原型。这理想的框架
气息平稳，那些自带硬度的词
需要一定的眼力，才能看出里头的硬核
曾有的草屑和泥土，刮去粗糙和困窘
挺立在风雨的路途中——从青砖的面孔上
我知道灵魂的一半，已在远古构筑
所幸还有一半是新鲜的
祭祀的血已被忽略。人间是
不断改造的祠宇，作为后来的砖坯

我还在寻找新的火光，新的铃记

飞　檐

老旧的屋檐不断迎来新的日子
许多学画的孩子从老人身边滑过
走着走着，就要望一眼天空
当我顺着一道石子路朝它们走近
飞檐跟一群飞燕差不了多少
所有人都知道，一只新燕已带着儿孙
在故巢里找到了先祖的气息
正是它们，为人们带来了天空的声音
人们无法满足于地面上的生存
在门庭内里练习美术和诗篇
砖墙内因循的人，借以飞翔的事物
不会更多了。那个叫太白的人
把一支用过的毛笔抛到云霄
一些诗句便停在了飞檐的尖梢
既想高飞，又眷恋着大地的灯火

天　井

天井边隐约站着一位叫博尔赫斯的
阿根廷人，他不断翻译着东方经典
但经久不息的沙沙声，也许是在写诗
写雨声中想起的亲人——
在雨天，天井外也许站着一位
叫伯牙的古人，琴声浇灌重重的黛瓦
也浇灌所有对尘世略怀绝望的心
在雨天，天井像大地的井一样深邃
探进人们的内心：雨水的皓齿
配得上屋檐的唇吻。如果一双素手
伸出纸伞，伸向发亮的雨丝
时光将把她定格成一盆绿植：在雨天
水做的指头，持续在天井敲击
芭蕉，三角梅，兰花，也一吐衷肠——
我时常遇到这样一群人：他们善于
在庸常的生活中打开一个口子

石　狮

逼真的毛发和眼球。不可逃避的

怪力乱神，让建筑沦为狮子的门户
——狮子和石头，驯化的悖论
动与静的两极，在精神世界里冲突
驱赶一头狮子，将比接纳一头狮子
更难。事实正是如此
刻刀锋利，恶和善，良知与背叛
在石头和狮子之间完成角力
彼此呈现，又互相抵消
不难想象，在没有诞生书籍之前
狮子一直在原野奔跑
但"狮子"是供献给语言的，而语言
又是比石头更柔软的符号——
在西塘古镇，和石狮子一起
慎终追远，一直追到人兽共存的年代

殿　堂

有人在一曲古乐中写完新帖。插花的手
知晓美的分寸。在传习所
十二生肖复活于竹编艺人的白发
作为起点，后来的大师
曾是板凳上年轻的学员。天井边

画鸡蛋的达芬奇刚刚坐下——
在上阳，野鸽子也带来它的梦想：
有朝一日，它将领着儿女
在晨曦中召开一场浩大的盛会
"从你的一个庭院，观看
古老的星星"——流水般的人影
走过灰白的柱子。我对伟岸的支撑
心存感激，像数不尽的经典
打开艺术的空间。从廊道进入殿堂
弯曲的门拱，在敲击中发出回响

观察西塘的十三种方式（组诗）

许梦熊

1

在吴国和越国的交界，倾斜的一角
连接干窑、芦墟，迁徙的候鸟
穿过密布的河网，在理想的水域栖息。

2

西塘是树根，是羚羊角
盘绕遗忘之地，悬挂相思之乡，
比羽毛轻柔的歌谣出自樱桃小嘴女人。

3

人们去而复返，寻寻觅觅
在西塘的夜晚拖长的影子是一根发带。

4

有人推窗喊一个女人的名字

有人把它传得更远，仿佛一只雏鸟
随着每次呼喊而羽翼丰满，直到
女人的名字成为清脆的鸟鸣。

5

西塘的忧郁是一个女人连着一个雨季
和一个热带酒吧，或者一个女人
坐在台阶上就是一个冬天。

6

雨量因为你的出现而改变，
世界是愉悦的磁力场。
生命是一种冒险，
她守着自己眼前的一颗雨珠
在荷叶上跳动，像心脏
属于雨水之神，示意我们要快乐。

7

沿街的廊棚是天空的面纱，
万物的由来则反复又蹊跷。

8

当西塘露出仁慈的面目

人们抬着神像走进一个丰收之年；
日出在上西街，日落在下西街，
永恒的一天完好无损，
每个人都期待自己的好运
不经意间来临，惊喜是一种糖果。

9

她把自己的梦揉碎，掺合
黑芝麻，赤豆，佛耳草
变成一块麦芽塌饼，填饱梦游者。

10

要是每条河流都带走部分的西塘
在另外的地方同样能够恢复
它们所经历的每个角落，
通过诗，人能够两次踏入同一条河流。

11

辗转反侧的夜晚已经过去，
候鸟们孵化这些时光
上下翻飞，在她蜜蜡一样的眼中。

12

每一个夜晚都是一枚纽扣
从中解开深邃的目光。

13

没有目的的目的地，一切
自然而然，人们在西塘
如同历史原来的向往。

西 塘（外一首）

杨业胜

水墨西塘一色柔，轻烟横竖上层楼。
平生最爱观风景，我把朝霞装满舟。

临江仙·夜游西塘

一水蜿蜒古镇，双莺衔走阳光。
廊棚同柳枕西塘。画桥赊古意，深巷有文章。

吴语宛如莺语，乌篷摇醉楼房。
谁持油伞带花香。灯开明月夜，人在水中央。

◎三等奖作品

西塘风物吟（组诗）

黄清水

廊棚辞

推窗而去。鸟落桨声，游客在乌篷船上
解读石桥的昵称。行善的密码，透露着木质
　的气息
脚步浪迹于传说当中，不可自拔。眼神换位
木椽、瓦当，雕花的刀
抵近廊棚的温柔。一段留白的时光

水声与船影将人带离窒息的高楼
一扇木窗从藤蔓中间开出。阳光向上生长
撑伞的女子，多少带着水乡人家的腼腆、恬静
水波将西塘推动，廊棚就有了涟漪
此时你我皆是过客，聆听春秋的音符
流连唐宋的繁华，明清的娇憨。流连长廊
时间有柔软的回声，唇语换算着吴歌越调

酒旗旁的梧桐花向河流表白

轻触时光，一落水，二落水
眼神集结着水乡的梦境。我有时在琢磨
女儿纯真的笑。插入艰涩的生活中去
像一盏灯火从晴雨桥亮起，水纹浮动，暗香
　沁人
青石板铺就的千年之路，正好有了斑驳痕迹
如果说廊棚有什么秘密
不过是繁星在廊棚的上空，诞生了夜

白昼里的市井百态呈现疲惫之影
入夜。河埠头没有了水星四溅，没有槌打衣
　物床单之声
也没有了取水、浣衣、淘米、交易的声音
一切渐入佳境。烟雨围着长廊转
故人围着西塘转
我围着麦芽塌饼回到童年的夜晚
听祖母说起廊棚的故事

瓦当辞

岁月的回声由远及近
一片片瓦当为诗词献身。颂词是彻骨的爱
身体里住着流年，自然要把万物缱绻
花草鱼虫，祥瑞飞禽，牡丹花开了
雨水落在上面，瓦当微微呼吸
记忆是一张圆形的脸，雕刻着爱与静安
我们常常忽略了四季的花卉
海棠、水仙、玉兰、月季，一枝腊梅从墙角
　伸出
一簇金菊在烈火中重生，生命的火苗

朱雀、玄武，青龙、白虎隐于来往的游客中间
你若懂得水乡人家的烟火
就懂得素面泥坯，怎样从经年的尘埃中
构建乡愁的余味，投身于火。将绘画与雕刻
　融合
匠心与初心并行一处，瓦当成形，滴水瓦
替天空落泪，文字和画像赋性其中
契合山水画的留白。白墙的素雅耐人寻味

故乡的瓦当，故人的笔触。经年之后

诱惑于年少时的风和日丽
长长的河道延续着追逐的一种
低垂的雨丝，沾湿了双燕的翅膀
我摩挲雨声，仿佛听到了——
瓦当触碰到水乡人家的娇羞，我驻足
细听，古戏台上的英雄气短，儿女情长
岁月加持在我身上的纹路
条理逐渐清晰，仿佛习惯了一声乳名的呼唤

西塘古建辞

走近西塘，就走进了春秋战国的纷争
不同的方言在这里粗细碰撞
青年男女各有各的光影，鲜艳的、美丽的、
　　淳朴的
爱情在此，衍生一万种的可能。街衢巷弄
细水长流。柏叶从石桥上滑落六百年的光阴
砖木结构的房屋，让落霞平庸
白墙足够高冷，黛瓦思考着风霜雨雪

四季吉祥，是水乡人家的祷语。一千年见信
　　如晤

错把唐宋的美色，想成元曲的离殇。一分
　　惦念在手
明清的盛世容颜多了几分清辉
那个撑伞的女子，腰身柔美，颇有民国的
　　姿色
仿佛从西塘的旧园里走出，又仿佛是
古戏台上的旦角，被西塘的水，触动心扉

多少建筑物毁于战火，又有多少沉默
偃旗息鼓，落入晦涩的手。时光不复存在
唯独在西塘，古建懒于梳妆，以真面目示人
墨染的砖瓦是西塘的肌骨，黧黑的木头为
　　衣袂
再盗用三千盏胭脂一样的红灯笼，前缀
夜的妩媚与柔情。星辰落在河道里
像万千的纽扣解开乡愁
这古弄，这巷道，这乡音，改不了的天涯
忘不了的西塘
你要用旧窑盛满我的悲伤，用鱼米喂养我的
　　思念
还要从雕花镂空的窗扉探出头来
唤我一声郎君吗？像旧时，一样地
朝朝暮暮诱惑着我的诱惑，诱惑着——

简约，皎洁，完整的月色

或是，用你的美色，馋着我内心的荡漾
这西塘古建啊，三进，五进，七进
仿佛爱情，三年，五年，七年，痒着我的痒
痒着时光的春秋，岁月的陌生与眷恋

纽扣辞

让一粒纽扣开口说话，说出
密叶之间的可能。蓝印花布承袭着
婀娜人间。美的纽扣都是殊途同归，目光游
　弋于曼妙的星辰
西塘的水啊，是青蓝的花色，裁剪一身旗袍
用三颗盘扣维系着光阴的狡黠
或者将网兜撒入大海，老师傅的双手
将西塘古镇的一花一草，一砖一瓦
冲剪，磨光，钻孔，漂白，整修
蚌壳从善如流，提取海的波涛与星光
在锦衣上嵌下时光的年华

每一粒纽扣都承袭着遥远的征途

汉服，唐装，走向世界的中国印象
或借助纽扣奔赴精致的丝绸
或转承纽扣搬运日月山川
或寄托纽扣带回故乡，心在远方逡巡
梦在枕边嗟叹

化用吉字，寿字，囍字为扣，一个家为纽
将美好宜其室家。
系上新娘婚服的盘花纽扣，或者解开对襟。
　单纯的动作
简爱春风，夕阳像极了羊脂的色泽
就用它别上你的窗口吧。第一粒纽扣为你垂
　下眼帘
别让夜那么快的黑。第二粒纽扣为你
吐露了西塘的芬芳
你的双手可是为我等候了青春年少

根雕辞

隐入市井的鸟鸣，截留一片夕阳的醉意
刀斧的转折、顿挫，沿着根脉的凹凸、起伏
寻找故乡。让江河湖海，百兽山林

或奔放，或浩瀚，或栖，或卧，或立
或蜷缩成时光的模样，一道缰绳
勒进了西塘的大片森林

巧妙布局，万物抽象的模样，一块干枯的
　　木头
藏伏着世间的虫鱼之学。或用风霜雨雪
抖落满身的凛然与气概，忧患与喜怒
在根雕馆，木头的脱胎换骨
获得时光的清香。跳脱尘埃，篆刻于心的吻
有着山重水复疑无路般扑面而来的葱茏
根雕的豁然开朗
——使我脸红

被雕琢，被切割，万千的木头睡在夜的瞳孔里
急需被凿刻。往事的漂泊与癫狂
执泥于一场平凡的美梦。我在西塘遇见张正
他给枯死的木头庄生的诺言

关于西塘的两个比喻及其他

（四章）

陈劲松

线装的西塘

古越大地上，她是一册婉约的线装书。

如果你还未去过那里，她就是一本在你印象中古色古香的卷轴，如果去过了，你就会发现，她是一册多么秀美的册页！

一平方千米的镇区面积，是这线装书的封面，算不上多么阔大，但却足够漂亮。小镇外田野里的油菜花、杏花、桃花……水中的莲花，是封面上最好的图画。那倒映其中的天空和白云，可是她蓝色的封底？那静默而流的西塘河，就是她工整的书脊了。

古镇里的白墙黛瓦、河上的石桥，沿河的廊棚……加上那些馥郁的杜鹃花，是书中的名词，那些花朵的香，可是她最明媚的形容词？

天空中的鸥鸟与湖水里的鱼群，是最生动的动词！

小镇里的一切都是书写在线装书里的文字，如果那些层层叠叠细致排列的青瓦是方正工整的楷书，那贯穿古镇的流水就是飘逸娟秀的行书了。

时间是那根闪光的装订线，还会不断地装订进新的内容。

这册典雅厚重的江南的线装书，等待着你来读。

西塘：一件江南的丝绸旗袍

上帝剪裁出的一件婉约秀美的丝绸旗袍！

不多一分，不少一分，流水的对襟，小桥的盘扣。

江南的烟雨，用细密的针脚，在上面绣上了百花的图案。

哦，这静美的旗袍！

显现出江南凹凸有致、曲线毕露的美！

读西塘

读她几千年的历史，由春秋起句，还是由唐宋起句，不重要。

读她八十余平方千米的地域，从东经 120° 53′ 开始，还是从北纬 30° 56′ 开始，也不重要。

但要谨记：读她，要在翘脚飞檐的部分高亢，要在小桥流水的段落明快。

朗读声，要跟随她起伏的身姿而抑扬顿挫。

读她淳朴的民风时要嗓音宽厚，读她丰富的自然资源时要充满自豪感。

要用春风的嗓音去读她，用月光的歌喉去读她！

最重要的是，读的时候，要用情，用心。

读胥塘河时，悟人生若水。

读摇橹船欸乃而过时，看一看船身上时间的波浪刻下的印痕。

读氤氲的云烟时，看生命舒卷，自在从容。

读烟雨长廊时，让心沉静下来，洗去尘垢，然后，把匆促的脚步慢一点，再慢一点，看人生秀美的景色如折扇般，缓缓打开……

一帘烟雨，是那个最好的朗读者，满含热爱，用吴侬软语叫她：斜塘，或者平川。

去西塘

沿着梦里潋滟的波光，去西塘。
循着石皮弄里足音清脆的回响，去西塘。
被欸乃的橹声牵引着，去西塘。

以诗为马，沿着一行行古朴的文字，沿着有关西塘的诗句中平仄的韵脚，去西塘。
推开言辞之门，会看到白墙青瓦，小桥流水，会看到飞檐斗拱，九曲亭台，会看到石皮古巷，烟雨长廊，会看到红灯初亮，古镇安详……

月光无眠。月光是那个，最深情的诗人，她把一个江南的小镇，描绘成了所有人故乡的模样。

胥塘河，被时间追封的王

——西塘札记，兼怀伍子胥
（组章）

韩簌簌

1

一轮照过吴越瓦当的明月升上来，与拱桥互为参照的粉墙黛瓦，开始含糊不清。

此刻，在西塘，月光温柔抚照一条被红灯笼和现代霓虹轮番看护的河流，一河的碎瓷褪去棱角开始有了皮毛的质感，而乌篷船静卧如处子。

此刻石桥们与岸手挽手，他们凌空架起手臂，试图用合力拉起石岸这两根慢轨；而此刻你蹚着青石板，穿过垂柳无骨的身子。

2

在石皮弄，墙与墙之间的对垒是高手之间的

对决。他们脚跟对着脚跟，肩膀靠着肩膀，彼此严阵以待，又颇有些肝胆相照的意思。

更重要的是此刻，假如你沿着时间之轴向上走，你穿越西塘墨写的烟雨长廊，定会在一条距今2000多年的巷子里，遇到一个人，和他浩荡长风里翻卷如旗的白发。

3

推窗见水。推开枕水河街的水帘，推开历史沉重的木门，向更深处。

从最早的马家浜时代追溯，时光之刻盘愈渐明晰，最纯粹的那一粒蚕茧的经络日渐清晰。

多少人来了又走了，多少橹声与辙印里，多少往事，胥塘河一定还记得。

打开胥塘河这幅卷轴，所有的水军会簇拥着一个叫伍员的人，自春秋的册页里蜂拥而出。船走水路，马走旱路。一开始，他走的是一条天要绝人之路。

一个楚国人，在青春初绽芽尖的年纪，却被连根拔起。就在父兄头颅落地之时，他心中的故土已经走失。

当皮毛被命运的捕获器夹住，你见过挣脱皮囊逃命的银狐吗？

从楚到吴，是咫尺之距，他却走出了天和地的距离。孤身挣命，多少年的颠沛流离。

4

再沿着时间之轴向下走，西塘悠长的水道会展示给我们一个人的青葱过往。

夜遁荆楚，急走宋郑，临昭关一夜霜白头。你可听见末路的英雄郁积心底的那一声长啸吗？

有些东西是需要检验的。我们不说西破强楚、北败齐徐鲁、雄霸四海、入楚郢都；也不说掘平王墓，慰父慰兄，鞭三百怒。

只说在吴根越角，开一条胥塘河至今与这个世界持续手语。

5

胥塘河，是应该被时间追封的王。

证人有很多：河边桥，桥下石；水上街，街边人。石栏杆拍拍胸脯，红灯笼杏眼圆睁，船家鸬鹚掷地有声，河上芦苇学会一夜白头。

他们没有说谎。

而那个开挖胥塘河的人呢?

在姑苏城，立水陆八门洞；镇守盘门插翅难飞这一道关口；化身胥门成古今关照的一双眼睛。

6

那个领航胥塘河的人，首先得水。让浮于时间之上的物事，有所依傍。因为胥塘河，是用时间的刻刀雕出来的。

其次是白墙灰瓦的行头，是如烟战事、如画云锦，是一片蜡染的家织布群落的存根。

他还是一艘船，蓄满一个世界的家国情仇。

7

且让我们换一种方式，在新一个时间维度里打开胥塘河。

——我是说后来，如果不是心仪的人入了水，如果不是一头青丝辗转成颈上雪，你肯定可以于乌篷船与鸬鹚激起的片片波光里，于渔夫船娘的晚唱里，真正遇到他。而不是看一双怒目悬姑苏东门，看越人何以雪耻，吴人何以亡。

8

而今，走进西塘悠长的里弄，我们先是会在逆光里找回自己。

从临街商铺卸下第一扇门板开始；从摇橹的壮士第一桶洗船的清水开始；从木阁楼或钢筋水泥构架里——那些早班人晨间一碗馄饨的香气里开始；从临水人家窗边探出的月季花笑靥里开始——

这些带着新泥漾着绿珠玉的菜叶，在船娘谣曲或阿公的柴米油盐叙事里，神气活现地坐着小木舟，踱进深深的巷子。

9

夜色里的胥塘河要用重彩。沿着河心行走，乌篷船将你周身涂暗。雨打芭蕉，是笙歌和吴侬软语诉说的悲欢。那就拖大号笔，铺浓稠墨，把个夜色涂匀；当间一道水痕，细笔勾勒锦粼粼的波，泛出点点红；两边墨色里兀地站起两排粉白，缀一串串眼光迷蒙的红灯笼。

这就是你见到的胥塘河，一半在水里，一半在岸上；就像在这世间，我们拖着自己的影子迤逦行走。

10

何须作画？

傍晚的胥塘河已是淡烟轻点。一痕淡墨晕染在白墙上，一支绿萝或粉色夹竹桃悄悄探出半个身子，其余大片空置——这是西塘，给这个热闹的世界最有心的留白。

此刻，你是不是长了一双时间一样的无影脚，绕过河里的翘角飞檐，跨过粼粼波光里的马头墙，如一溜墨在排瓦的高低错落里疾行，然后用靛青与墨笔以不同配比，沿着青藤，从砖石肩上、矮墙腰间、拱桥腋窝，披挂而下。

是的，在这样的平行世界里，每个人都会穿过画境，穿过曲径通幽的那条河流，走回自己的身体里。

11

如斯，无春风可缱绻时，鞠一捧胥塘河的清露就够了。

雨，应该是明朗的君子，先是星星点点，这

是明明白白知会与你。在西塘，大片雨帘挂下来的时候，才知道一身干爽也是一种眷顾。

是的，现在我们身在廊檐下，我们是有背景的人，我们身在福中而不自知。

就如胥塘河这个无冕的王者，在模糊的背景里，等着被时间追认。

西塘：烟雨之美（组章）

牧 风

况临北窗下，复近西塘曲。
筠风散馀清，苔雨含微绿。
　　　　　　——唐·白居易《北窗竹石》

1

一景开天，西塘在烟雨中与神灵对话。

庭院幽深，一排铁树迎风玉立。

一把油纸伞撑开西塘空蒙境界，贴近波涛涌动的古老河埠，连片的乌篷船挤兑着搭船摆渡的人。舟楫在船工用力撑开水域，把游人的探寻带向开阔的河水中央。吱呀作响的小舟，划开西塘的静美，沉浸水乡江南，如梦之旅开启。

吴根越角之地，承载千年的文化之邦和诗书之乡，将古老文明汇聚这恋恋西塘，惊叹之余，仰慕之情油然而生。

2

雨夜观西塘，灯火阑珊处笙歌悠悠，轻柔吴侬小调荡漾开来，南浔古镇犹如饱经沧桑的大师，演绎一场千古史诗。

民国诗人张静江，穿越百年烟云，与我们相约今夜的西塘。

西泠印社的创办人张石铭，步履蹒跚，翻过时光之栅，与夜幕里彷徨的路人相遇。

徐迟沉吟烟雨西塘的诗句，在名人馆的浩瀚典籍中与众多探寻的目光结缘。"自古斜塘出人才，一扬风流天下知"，不知是哪位大家妙语，尽收西塘名人于一隅，想民国时南社创始人柳亚子，是否也是烟雨入斜塘，领略江南古镇之神韵，揽尽西塘千古之奇绝。

3

一条幽静而狭窄的巷道在探求的眼眸中愈发沉长，两侧白墙黛瓦上雨丝飞舞，藏匿于伞下的人流晃动，那多彩伞裙如莲花飘曳，迅疾的成为一道亮丽的风景。

伫立烟雨酒楼，手捧西塘赐予的玉液琼浆，

大碗里旋动的琥珀之光，映照着一群缪斯炽热的脸庞。

在西塘之夜，把酒临风，吟诗作赋，想那江南才俊柳永，在羸弱的宋朝，借着月光的背影，趁着风轻云淡，挥动神来之笔，狂吟《望海潮》："东南形胜，三吴都会……烟柳画桥，风帘翠幕，参差十万人家……"，而深印脑际的是一位词神妙句："西塘忆，其次弄堂中，花雪斜上青石板，跫音长送阁楼风。回首雨蒙蒙。"

4

凭借一河涟漪，驻足永宁桥头，打开一把花伞，孤寂遥望，南北长河雨歇，两岸华灯初上，我抬头眺望，这偌大的尘世，只有伊人夜雨漫步，期待互诉衷肠。

雨幕垂落西园，迈步江南庭院，赏读历史长廊，远望山上醉雪亭迎风耸立，顿生灵动妙思，想那黄昏瑞雪初降，有情人踏歌相邀，于醉雪亭执手相望，呢喃之语相闻，久久无法离弃……

倏忽间，匆匆过客，可惜空留一方美景，何日再睹芳容？

西塘的四个四重奏（组诗）

梁 梓

西塘物语

1

"每个名字都是唇中舒缓的音乐，
就像所有的音乐，趋向沉默。"
西塘，就连阳光也和别处的不一样
金色的弦，优雅、舒缓地弹拨，弹拨什么
什么就变得宁静、恬淡；而桥，无论
永宁桥还是环秀桥都是美好的过渡段……
等到你踩着石板小路穿过120多条弄时
你会觉得这小路也有形而上的意思
西塘，她不拒绝柴米油盐的世俗之美
也从不孤立、从不刻意地拔高
她属于布衣一族，氤氲着烟火气息
捕鱼，种田，酿酒，织布的人，深居简出

2

"完美来自你的足音，注定圆满的事物
因你的莅临而苏醒"
"在石皮弄，仿佛进入一个乐器的内部"
你有穿越时空隧道的失重感，你会想起
——收窄的牵牛花伸出藤蔓，拧着劲儿
木格窗内的女孩儿冲你莞尔一笑
未读完的线装书里一枚书签像置身石皮弄的你
你想到命运"不用猜测谁按下的琴键……
有坠落、也有抬升，有迷路的石头
和能够理解这一切的空寂。"

3

"一个新的声音出现，你慢慢意识到它
是你自己的声音啊"，久藏于你的内心?
你目睹白墙黛瓦下西塘人家的日常：
穿针引线的婆婆，悠闲地纳着鞋底……
蜷成团儿的花猫在椅子底下呼噜呼噜地打鼾
或者日光已盛，该捯饬一下梅干菜了
——她缓缓起身，一把把抓起来，抖落
这有利于晾干、堆黄，多像生活本身……
或者她忙着做麦芽塌饼和荷叶粉蒸肉……
而黑红脸庞的公公布满青筋的手

熟练地挑选木盆里的鱼虾，欢蹦乱跳的新词

4

商铺的木板门，是一个大块的"栅栏"吗？
褐色。磨得发光。被业主一块块地插进凹槽时
就又一次固守了西塘安居的日常之美
日子。便过渡到华灯初上，便多维、曼妙……
首先是一颗颗红灯笼像刚刚成熟的浆果
甜在弥漫、浸润、勾连起浅淡之美
继而是灯光把西塘的夜色摁到河水中——
一次次清洗、淬炼。灵魂和肉体密不可分
你能感到它无比清晰，无比生动，鲜嫩多汁

水上的弦子或回响

1

听见这有独特声音的水的都有谁？
你低头，看见尚有尾痕褐色、浅绿的小青蛙
在荷叶的高台反复练习跳水……
而一尾鱼跃出水面的时刻。"它废掉了
一个世俗的旧址并带来一个神性世界。"
"我的灵魂，也从它的绳索里挣脱，

万物被重新创造。"我所倾听的回响呵!
——恰是各种宁静

2

你抬头,被滴水檐上那些小兽吸引
那是已经能和时间抗衡的小兽啊!
或是母子鹿,或是禽鸟獾、或是鱼龟草虫
而正是它们,一个个古老而明亮的音符
把你带到了瓦当博物馆。古老的音乐大厅:
它们被古老的雨水的弦所弹奏过
而你此刻仍然能听见,真的能:无论是
花边滴水、筷笼、步鸡、砖雕、古砖……
是的,这凝望让你想起布兰迪亚娜的
《冰管风琴》,原来最美的音乐来自想象

3

这春秋时的水,闪光的胶片,在播放
唐宋的镇。如江南信笺上一枚精致的镇纸
明清建筑,密集的时间之花冠……
而在纽扣博物馆,时间感尤其被凸显出来
那雏形和演变。无论原始的贝壳纽扣,还是
后来百姓家的盘扣、官宦人家加了金丝线的
或者是宫廷贵族的宝石镶嵌纽扣

它们的意义，已经被重新赋予……
你顺着它们旋解，若读取一粒粒古老的母语
你能触摸到西塘温暖而柔软的胸膛

4

"每一艘船都是谜，每个船夫都是帆"
船夫是善于"名词动用"的田园诗人
水中的"鞋子"，有时是花骨朵
有时也是游码，知道该往哪里去
才能平衡两架天平。而透明的履带之上
建筑群的"机车"在穿越……
"我的手臂与河流的完全重合时。"
灯火。将一段巴赫完整地置于水面

花朵与漩涡，或丝竹与雨声

1

我不比红鲤鱼更懂另一尾青鲤鱼
也不比一只翠鸟更懂得
怎样在芦苇上获得宁静的电流……
"生活越来越简单，比如水
泊在堤岸，泊在瓶中，泊在内心。"

绛紫色的矢车菊有轰隆隆的沉默
像舵，那么，我是舵手吗?

2

在"空灵鼓"前，我是否就是调香师
音色回馈，不管我怎样落下鼓槌
而反之亦然……
走进根雕博物馆那一刻：顺着根系
我以想象恢复约翰伯格所言的"树"之全貌
"根"的问题，我们总是忽略
总是觉得理所当然，而因此刻的教育
我的双脚，也融进光明的根系

3

曾经躲在廊棚听雨的人，听到了什么?
"绝世的琴架，等待透明的素手,弹拨如抚慰。"
"内与外，有了薄如蝉翼般的区——分。"
你会随雨线穿越，到古代：
那时你是一介书生，你是走卒，渔民
是商贩，你贩卖丝绸，布匹与食盐……
廊棚，不能不说它的功效刚刚和我的诗相反
它一直在遮蔽、护佑；而我在澄明与发现

4

有一种感觉它会让你感到意外

有种人声并不鼎沸，我也置身其间

有种喧哗，像风吹树梢，草尖儿

有吆喝叫卖声不急不缓，"毛豆，菱角，清
    水虾——

八珍糕、熏青豆、五——香——豆——"

有摇橹划水声；有渔歌互答；有淘米

捣衣声……有葫芦丝婉转低吟

有蝉鸣如锯齿；有戏台上咿咿呀呀的

英雄与美人……天堂的颂词般，干干净净

琴遇到琴时，异乡人便回到故乡

1

"有一种音乐，如特定的旋律点亮身体"

没错的，在西塘，你听什么，什么就是琴声

你溯源什么，什么就成为一架琴

你的幸福啊，像音符找到了乐章

像小孔找到了长笛；像流浪的人回到故乡

无论是在店铺密集的西街，还是烟雨长廊下

或者在酒吧林立的塘东街，你都会感觉到

——像漫步于卡斯布罗集市
这里有你的芫荽，鼠尾草，迷迭香和百里香

2
无论是踯躅于醉园，或在西园
留恋于它一砖一瓦一窗一棂，听榫卯默契
或者听一只蝉，听它饮风吸露……
或者是在烧香港，你不解这儿的门槛
它为什么都特别高又用石头做成？
在你思忖时，一只翠鸟来抢镜头
它刚刚被涂完水彩，又刚刚被调好音准
那么"你是否听见它的笛声和哨音，
一种尖锐而深沉的音乐像雨拍打树。"

3
"只有我的思想，它们像飞蛾一样
轻轻漂浮在完美之树的枝叶间"
无论是不知不觉沦陷于北栅街的热闹中
还是在塘东街被激发出青春的热情
无论是在永宁桥或晚安桥上远望
这一刻，你总会觉得现实与理想联姻
诗与远方完全重叠……
你甚至觉得生命的本身又有了不同意义

——你已经找到一个新的尺规
要重新定义生活并规划你的未来

     4

"整夜，我沉浮起落，如同在水中，
挣扎于一种明亮的光。"真的夜色阑珊！
居于民宿。不管是偏艺术范的西塘花巷
还是朴素风的后元里，能感到节日在君临
像剧情。空气这一介质，也变得无比厚重
——甚至很晚了，你都未能入睡……
时间，有沙沙声；木桨划水，破开夜色
石板路上薄薄的脚步声，像水蚤履于水面
偶尔有一声不知什么鸟在鸣叫，极细……
甚至能确定，它是从睡梦中发出

来自西塘的倾听，辨认与呈现

（组诗）

骆艳英

西塘纽扣

这纽扣，恰似沉潜于西塘水波里的一轮圆月
照亮你心底的旧记忆，有点潮湿，有点泛黄

是唐诗宋词里越滚越远的句号
别在地老天荒的衣襟，如珍珠，如宝石

将春秋与流水纽结在西塘，将唐宋与瓦当
飞檐与明清相系于西塘

如悲风中的梅树在寻访翠鸟圆润的鸣叫
如胸针的暗眼在回首一幅水墨的丝绸

西塘的纽扣，是一枚浓缩的地球送给水乡

的礼物

她错综的盘扣，将青衫与《诗经》装订在
　　一起

那回味不尽的纽襻，丝线，扣眼
将西街与河道，石皮弄与种福堂，粉墙与黛
　　瓦
一起紧锁于时光的烟雨

注：西塘，中国纽扣之乡，全球一半纽扣来自西塘。

二十四个下弦月，二十四根白玉条

给它青石板，梅树，鸡鸣里移动的行人
给它傍水的美人靠，夜空中孤寂的星辰
给它词语的苔藓，弯曲的野烟，织满细雨的
　　乌篷船

二十四座古石桥静卧在九条河道之上
如同二十四个下弦月，二十四根白玉条
西塘的流水掩盖不住对它的挽留
好比陈子良策马扬鞭时对晚晖的频频回望 *

那份不舍与依依。从他乡赶来的游客
一边眺望隐隐青山迢迢水
一边效仿古人，斗酒桥头压水平
偏偏委屈了那春风黄鸟
空对着杨柳岸下哀愁的绿波与江楼

为邀请与送别构建的水乡
无论桥上还是桥下，总看得见
有人提着红灯笼在桥洞里侧身飞翔

*化用唐朝诗人陈子良诗句：日暮河桥上，
扬鞭惜晚晖。

为水失眠的西塘

我赞叹这柔肠百结的水，是如何
以她的轻拢慢捻引出花窗，古树与街巷
并与西塘的忽隐忽现互为梦境

更远一些，尘世的灯火也浮出了烟雨
让人怀疑，种下红菱的春秋

是朝代与朝代的分野，还是
气候学意义上季节的衍生

或者，翠鸟已代替我
向伍子胥的眼窝捎去问候
那从水中捞出的过往与现世：
斜塘是她的名字，平川是她的名字
吴根越角是她的名字，越角人家是她的名字

直至吴语翻译出她的静美与逶迤
我发现这更像是一次精神探险：
纤细，辽阔，曲折，清澈，从容……
足以洗去她一身的仆仆风尘

西塘田歌

请你一定要带上心爱的妹子
走一走西塘，她的温婉与忧愁
像月光中迎面落下的花瓣
你要伸出双手，接住她的缓慢与轻柔

几株沿阶草埋首于青石板的幽绿

风吹过来，从石皮弄纤瘦的西头
如果妹子贴耳过来，你要唱给她听：
水中升起的月亮，草丛中一闪一闪的萤火

请你一定要到西塘的酒吧坐一坐
带上心爱的妹子，把悲欢交给廊下的暮色
也可以交给新酿的米酒
子夜歌的河网里，你是远去的一株白梅
也是幽暗中到来的一道柔波

明天见，西塘

好在有这样一长溜廊棚
搭建在濒临黄昏的旅途
廊棚之上，有悠闲的云朵，有薄薄的烟雨
盛夏的右手边，河水抱紧了月光
不知道有多少蛙子，此时
要把内心的管弦弹奏给荷塘
我想再一次走进临河的灯火里
倾听月光敲击陌生的屋顶
这声音多么慈悲
夜色越来越深，我却越走越慢

我想与靠背长凳一起留下来
跟尘世说一声：明天见
也跟尘世中的西塘说一声：
明天见——

西塘古镇，穿越时空的爱恋

（组诗）

朝　颜

西塘的雨

雨。无边无际的雨。然后是烛光，是围绕
  在
岁月里久久不散的水声
西塘的水声，仿佛是一座桥在呼唤
不是一生的故事
却荡漾着一生的音符

风吹着乌篷船，在水里摇曳，而夜晚灯火
点燃了心中的岛屿
一只巨型的气球升起来
你就举着蜡烛在一条小河对岸
朝我大声喊：我们的爱，天长地久

那是我拥有的，你给我的第一张相片
我收到你来信的时候
正搬了藤椅，坐在办公室门前的小阳台上
眯着眼睛享受温暖的阳光
风吹在我的脸上
仿佛把我重新带回西塘
——是的，就是那个下着雨的西塘
你在河对岸
时间在河面上伸展，你多么像一场雨
落入我的生命

西塘的夜晚

录音机正吱吱地播放一张
齐秦的磁带：我是一匹来自北方的狼
走在无垠的旷野中……
我被苍凉和疼痛击中的时候，却有一种奇怪的
美好的回忆漫了过来

你说你来自北方，与我相隔千里，心心相印
你就是那匹来自北方的狼吗？

我们在西塘相遇
我们在西塘的雨中漫步，深情凝望
也在西塘的雨中感受到彼此
心灵的力量。你说起在极寒的高地上
在兵员极少的哨所中
是怎样费尽心机集齐九十九根蜡烛
又是怎样号召战友，一同搭建童话般的城堡

你说西塘的太阳，太过浓烈
会让你留恋，会让你不愿回到北方
你说西塘的夜晚最好
宁静得可以容纳所有星光
而水上的船，岸上的灯光，都是短暂的事物
只有在夜晚延伸的，流动的声音
才能讲述人间的爱情
只有纸上的路途，才能带上我们，回归故乡

西塘的光阴

在北风畅游的山林，你曾想尽办法
将烛光死死护住
不让其中任何一根熄灭

我甚至想，这是早有预谋的爱情吗
相遇和相知，相见和别离
都充满了玄妙的气息
但是此前我们从未谈及生命
必须经历的风雨
也没有想过把一生的情感，放置于
偶然的遇见

但爱情来了，没有人能阻挡
或者，连西塘都是同谋
它早就备好了静物，等待着我与之重叠
无论石桥还是石板路
无论乌篷船还是安静得可以
放弃呼吸的埠头，都已舍弃了千年的烟火气
等着我，把生命交给它们

西塘的光阴，在远方，表达为以阳刚
为主调的军营
而在我的身体里表达为柔美
无法破译的密码
我只是想起你，就被水波围拢
我只是闭上眼睛

周遭的万物，就变成了
你寄来的照片

西塘两世情

我想到了我的母亲。她此生
唯一跟爱情有关的故事，便是在西塘
一座无名的桥上
与父亲的不期而遇
——无论石皮弄还是雨廊，都只是
静物矗立于人间
无论入夜的灯盏，还是水中映出的青瓦白墙
都只是无声的尘世在与我面对
但母亲的故事，却令我
每一步都走在梦中

走着母亲走过的石板路，看着母亲
看过的烟雨
点亮母亲点亮过的星光
旧照片里的西塘，就复活成我的
母亲指着那张被揉皱了的照片
说她站在一座桥上

而父亲坐着船在桥下穿过
他们仅仅对望了一眼，便知道，这就是一生

照片很旧了，照片里的人也很旧
照片里的西塘更旧
但与你寄来的那张照片
景物惊人的一致
母亲的西塘似乎在闪耀着
时间的光芒，而我的西塘看起来端庄，神秘
哪怕我只是说很轻的话
也会影响美学的衍生。可你就在河对岸
大声喊：我们的爱，天长地久

在西塘，捏一朵雨做的云（组诗）

柳文龙

荷　影

坐在胥塘河边，放下了两条腿
也就放下身后千顷碧波

围拢的鳝鲅，唧唧啜水
仿佛唤起我乳名，追逐着童年梦
随风而飘的波澜，为我吟唱、欢呼
荷花从未停止对沉默的——
绽开，索取水色中一份真情

注定一生绕不过这汪春水
走过了送子来凤桥
怀抱风帆逆水行舟
自省、自爱，从未放弃坚守
闪亮的鱼鳞照透腑脏

飘起来——渡我过岸的红荷叶

又见西塘

河蓝颜色，我曾经的幻想地
味蕾品到蓝的精妙——
伟大如烹小鲜，入味即过往
小镇，甘于被雾气围得团团转
树冠上，还有治大国的小鸟
从我头顶伸出美的枝叶
引导气候、季节，绿色岸线
仿佛流水拍堤，又巧于收敛着美
柳条抽出一缕缕霞光
因爱而触情的翩翩嫩叶
像宣纸上洇散的锦瑟年华
涉水轻放的一叶扁舟

河水斑斓

沿着安泰桥、迎仙桥、狮子桥……
走下去，河水从我眼前闪动

浮萍像悬挂半空的毡毯
斑驳色彩，吐出芬芳的呼吸

古老的船桨划出大片芳华
远水与近火，吹拂心头的春天
微微泡沫挤破所有壁垒
春风，来得如此猝不及防
悄悄淹没归去幻影
舱板浮上温暖的喧嚣

七老爷庙

想留住一点悲悯
我要用烛焰中铜钹、铃铎
和羊皮鼓捶击，唤醒它
我要抽去悬空飘扬的经幡
用了断的怨怨相报，旷世之恋
我要白费一只鸟的口舌
用大雪来澄清心中天空
我要一叩再叩，叩别人生低谷
用两行热泪感化、礼忏
我要不断悔过自新，不断颤栗

不断的痛心疾首和体无完肤
为粮食垒起一份爱的宣言
我要随那只鸟一起闭嘴
想留住这样的记忆——
用一个庙名铭记它的幸运
用雁塔湾超度它的不幸

莲　说

一路神行，顺着流泉走下去
莲，怯怯地退到水中央
露出小脸盘，照亮整个水面的
上空——在那里，草木虚化
发光的并不全是金子

叶盘的智慧偿还给了诸神
太阳复述光明与未来
吴越一角，吹皱了河水真的完美
光晕深处，一粒粒夺眶而出的
——露珠，从泪光里滚动
如喉咙滚动的雷鸣
躯干滚动风的型制

西塘之秋

"活着，将自己逼成花蕊
随后有机会站起来绽放……"

我只是虚晃一下双手
草木簌簌，抖落霞光与浮尘
抿住胖头鱼大嘴、舒张欲望
水面涌起四季的轮回
花朵上，一簇秋意来袭
沿岸——暗结珠胎的莲花
各有各的心事，各抱各的情感
秋风吹起无限深情
透过简单的生活，噼啪作响
我抚触圆润、泛熟的莲藕时光
这长久陪伴的暗……

九月书

落在天上的余霞，和掉进
烧香港的锦鲤，拉出浩荡水势
芦荻与水杉齐头冒出

古镇一遍遍回放炊烟

女人们长发及腰，休闲的竹篮

打水——总打出一篮好空气

绿荷之"荷"念多了，唇色发亮

阿奴的腰肢如纤纤睡莲

隐没在绿波。水色照见荧火虫

飞跃的腑脏——多么透明之美啊

嘴细微地噏动，河水涌起了新风尚

在水一方

等我的不是石皮弄，不是花巷

是你衍生的每一声脚步

追寻着苍茫与绿意

你怀抱明月，结伴相行

倾听屋檐狸猫的呼唤

展现生存的本能——欲飞之影

石级排列爱与被爱的星斗

连接天地，以一个跋涉者的忍耐

坐等蚌壳打开冬天。雪花纷披

你在拨弄那颗转世之珠

你的笑容是丹砂，是万古愁
是我难以拂去的万千杨柳

诉衷情令·游湖邀饮有感

（外一首）

韩贤锐

诉衷情令·游湖邀饮有感

清愁小用酒樽盛。扶稳莫教倾。绕亭问了鸥鹭，不是旧时盟。

邀发白，看山青。放舟横。凭谁来把，一湖新皱，熨到平平。

蝶恋花·观湖景有感

一派春光拦不住。柳老丝绵，依旧迎人舞。年老年轻都是树。跟前枝蔓湖中雾。

天卜蓝舟皆自顾。舟欲行时，谁见风能阻。羁绊有痕横与竖。痕痕相似无寻处。

水调歌头·西塘让我牵挂

燕淑清

水调歌头·西塘让我牵挂

挺起脊梁骨，划破旭霞空。口随情调、乐了船尾老家公。补了金婚晚照，任我画廊神荡，柳絮扑心胸。梦了古村落，饮了酒幡盅。

看鸥鸟，摄桥阁，念开瞳。巷深窄路，翻页瓦兽也称雄。吴越繁华邂逅，恰是炎黄日子，又见上河枫。但让西塘月，圆与水飞龙。

◎优秀奖作品

西塘春秋（组诗）

王爱民

春：西塘水如醒世良言

春水如醒世良言
西施，西塘，西街，西窗
西塘水有九条命，九条河奔出笛孔流向手掌
弦外之音九曲回响，桨指尖明亮

花神节，坐在一朵花里，会爱上更多花
一朵扑蝶，朵朵都是五姑娘，船吃水三尺
人人柔情似水，长出欢快的鳍
我们在河里游走，像蝌蚪寻找春天
逗号的小尾巴像个漩涡，卷向春天的深处

弯弯的桥，是俯身水面的一只只耳朵
听桨声唱和着疏影横斜的楼台灯影
听风声，雨声，听钟声，读书声
像听心跳

梅花三弄，或纤云弄巧
巷弄如盘扣，走着春风，这上天按下的指纹
石皮弄的腰突然瘦下来，像一首小令
只一截晾衣竿那样窄小
两扇窗户说悄悄话，像小小的风，互相吹动
我做个谦谦君子，给阳光侧身让路

春塘月夜，哪一朵花都是杯子
有情人在书香里，感到了文字的短暂
亲爱的，我的带西字带塘字的爱人
从来凤桥到五福桥，注定要用去相爱的一生

春联上的词很大，缺水的人，念一念就发芽
一朵杜鹃花睁开眼睛，是独坐春天里的神

夏：我愿是莲，慢慢把自己洗净

水唱出水声
水有翩翩之美，倒影也是半个月亮
楼阁和排排栏杆，打开了一把把折扇
翘角飞檐有旷世绝学，飞白西塘两岸，墙留白

石头凫水，青蛙口气很大，要吞下漫天星斗
向水说出一生，廊棚檐角瞬间已是泪流满面
我的夏天，紧挨着西塘的夏天

流水被船头分开，又迅速在其身后愈合
波浪走人字形
乌篷船把黑走白，似向善之心
水上结庐，把一再用旧的天空修补好
水声伟大，说出人类的语言

我愿是西塘的莲，爱，也被爱
慢慢把自己洗净，但不把自己写满

秋：在桥头看风景的人，是最好的风景

西塘月光传世，照古代泛舟的流水
也照弯弯曲曲小巷那拐弯的爱

落叶打着卷儿，抱住根紧紧不放
词回到词根，水回到水，你回到你
用水结绳记事，水岸是琵琶，是长笛
一只手从影视剧里伸出，紧紧握住我的手

梦开始又结束的地方，像雾像雨又像风

珍惜水里的一片蓝天，江山丰腴
生活如烹小鲜，向往幸福的人
跟着一条水走，会走进一条更大的道路
身体里五谷丰登，稻浪翻腾
竹子空出内心，水鸟收回翅膀

风向一个方向吹，把弯腰的树扶正
两棵银杏树，牵手六百年的金婚
用根，交换心中的药香

天空下走着稻香味的新人
谁是环秀桥上等我的那一个
抬头望天，低头看水
站在桥头看风景的人，是西塘最好的风景

冬：瓦当苍老，苔藓年年作巢

久违的雪，落在白墙上，墙更白了
落在黛瓦上，一会就成两行泪
慢慢坠落，一颗心的形状，像个恋恋不舍的人

瓦当苍老，苔藓年年作巢

冬天水浅，西园上岸成为西塘的外一首
屋顶像倒扣的书，南社是西塘的一枚书签
听涛轩外，白皮松下，一棵小草悄悄抬头

舟子是一只渐渐晕开的墨点
把肩头的雪，驮到新的一天
携带屋檐下辽阔的灯盏
等待将五千亩春风和绿带回
书里打铁，浪花拍案
芦苇有了思想，是经得起推敲的章节
内心小径，更白一些

舟子像个摇篮，穿过二十四座古桥洞
穿过二十四节气，穿过针眼里的月亮，
母亲手搭凉棚眺望，顺着她的手中线走
一会儿就到了根雕馆和醉园

鱼游走在鱼尾纹里
天上亮晶晶的星星，是母亲抬头看过的
我把她当成一颗颗纽扣，天天戴在身上

西塘，江南的一叶扁舟

（外二首）

陈景欣

我是乘着一条小船去西塘的
河流纵横交错，西塘就在吴越之滨
它是古典的，如一画舫
船头朝向着东方

当我踏上这古老的甲板
感到了潮水涌动，
这是西塘的呼吸，
深沉，吐纳有力。

船舷都是一些老房子
几百年前就这样子
沿着一条漕运的官道
我们穿越了明清
祖先都吴语软绵，面目慈蔼

酒吧一家接一家
和水上戏台遥遥相对
音符飘落，都化作了一江春水流走
我抬头望望鱼鳞似的瓦片
和天空一闪一闪的星星
忽然觉得它们伸手可及，世界是幻象的
时间是可以收藏的，
找一家书场
且听说书人下回分解。

西塘，江南的一叶扁舟……

西塘之恋

趁在初秋，去串个门吧
周庄，南浔，乌镇，然后到西塘，
一样的恬静，一样的桥多
一样盛产美食和美女
让人都想带走，
最后，还是放不下西塘

一样多的深宅大院，
一样多的愤而出走的少年背影……
一样要收很高的门票
一样来来往往的过客喧嚣尘上
拥挤，无奈，又都似曾相识
西塘以一条石皮弄把
我狭窄的天空撑开

一样的臭豆腐飘香
一样的民宿
在周末疯狂涨价
比如，一对情侣报复似的
把老房子闹得很不安静
西塘以一身汉服含蓄向所有人施礼

归舟抒情

一些船泊在夕阳桥下
一些船隐在芦苇深处
一些船飘在遥远天边
我一直等在西塘
望穿了秋水，也溶进了秋水。

舟楫，是江南点点漂流的陆地
就似夜空的星星，
它们吻合，相对
所以星河有多深邃，长三角的西塘
也有多深邃

从前的西塘爷们
呱呱坠地在船上，
婚嫁迎娶在船上
一辈子在船上颠簸，沉浮
最后，化作一块石头
死死地压在船上

西塘千古情（组诗）

夏微凉

石皮弄和星空

按照传统，她将被施以星光和祝福
她的脸庞似乎还在水面的波纹上，感受着月亮

她的生命，将被河水漫过，成为时间的主人
而她身旁的男人会通过
一小截树枝找到，他们的归宿
命运很快就会把他
所能承担的记忆，刻在石头上

他的骨骼与她的骨骼，会完整地再现
生活就是这样
以祝福为题，成为后来人
描写的理由

他们的婚礼在石皮弄，在星光里
他的眼睛就是星辰，是木棉花
是在纸上留下的浓墨
在他体内，比光阴更深刻的事物是爱情
也是倔强，是在等待中唤醒的自己

记忆把小小的西塘，替换成能够给他
一生平安的辽阔
——仰望巨大的世界
虔诚像是草木，把他举过头顶

河水之心

他曾说到理想，河水，以及其他
把万物拉回尘土
把折断翅膀的鸟还给人间的，忐忑但光明的
　　句子

从一首预言诗里得到活下去
勇敢的骨头——在树叶里，在流水漫过岁月
　　时
他说落下吧，落下吧

他说每个相爱的人，都会听从命运的召唤
在西塘，在古老的声音里
抹去所有的沧桑

只留下那些清白的事物。功勋
用来交换的物品，是一尊青铜器
指向远古星空的花纹

没有人能替代，也没有人能
改变他眼睛里流动的光和信仰
即使他的一生都平淡无奇，她仍旧是幸福的人

爱情是他们记住西塘的理由
也是对生命的诠释
他说生命不息
才是流水和船的意义

她站在身边，站在西塘的埠头上
用一面镜子的反光
把他的样子刻成了记忆

照在乌篷船上的月光

在植物的音符上分辨春天，在河水流动
产生的波纹里，分辨风和时间

数个小时漫无目的，听风声
听鸟雀，听植物昆虫产生的复杂音节
让她对生活充满了神秘主义的想象
砰砰，砰，砰砰，砰（她和那些
无意义的事物，拉开距离，陷入的思考
就像河上木船，有思想，但难以追溯历史）

他的品格，他们的婚姻，需要在漫长
容纳彼此的时间里
得以认同和雕塑，最终成为
影子或更改生命的文字

"书籍里朴素的形式，往往需要更朴素的
严谨的秩序"
她由此想到照在乌篷船的月光
和一个少年——他在分辨木棉和车流
而她在分辨生活的变化
那些带来过深远意义的符号和

对话中产生的沉默

骄傲总是如水流的真实存在
而他们需要，在水的肌理中寻找自己
以立场，正己身，明事理，谋求未知的解答

在抽象的社会形态中孕育力量
词语的面孔，数字，此刻是看起来平静的
　月亮

"这不是辨别，而是预设的，人的立场"
普通的植物有时会摇动一下
似乎要证明它们身上正在发生什么

她想到古镇的人们，安静的生活
形似物体内在的波动
而她要学着成为一个儒者
所以她必须进入一扇门，取回命运的船桨

西塘千古情

一只灰鸽子落在空地上。它在那里吃小米

——这场景似乎表露

经过漫长风雨，西塘已经回到最初

宁静的画面

梦境和游船正在远离她

而温暖的时代，在她身体里渐渐酝酿出

一座崭新的古镇

有纪念意义的名字，博物馆，客栈

仿佛都在弹奏生活的旋律，就像一只干净的
　　碗

盛放着西塘的乡音

转瞬之间，她就回到宋朝

回到温暖的句子里

雨后的植物，散发出清新的气息

他骑着马归来

阳光落在整齐的栅栏上，如同河水在默默
　　流淌

无忧之诗，分离出内在的忠诚和勇气

以及对家园，无限的深情

他的语言，灯火，灵魂，都是澄澈的

没有一点灰尘

灰鸽子在悠闲地散步
太阳追逐它的身影，像是追逐它
喻指的平和，信仰，坚持，生命长久的关怀

它身后的空地是清澈的
对应清澈的人间。陌生人，相濡以沫的信念

那是西塘的曙光，是他对她的爱情
也是对这片土地的敬畏
他们的生命，沐浴着光辉
只要生命不止，希望就不会减少

只要大义尚存，灵魂的重量就不会减轻
她低下头，看着河水流过
对他的思念
就化成了一行飞鸟

梦里水乡，诗韵西塘

杨　通

梦里水乡，诗韵西塘

1

春水碧于天，画船听雨眠。*
青石桥傍木廊旧，细柳阶边水阳。*

　　早听闻西塘古镇的隽秀，因为你是少有的江南水乡的范例，你自流名，又常遇名流。

　　这个春天，身临其境，那一袭烟雨自诗意里翩然来，其韵竟是这般轻柔、摩挲、缠绵、静逸、清爽、雅致……

2

白墙灰瓦雨如烟，古意石桥月半弯。*

纵有灰鸭三白嫩，还输一脉水菱香。*

　　我把"莫掩夜窗扉，共渠相伴宿"*的逸乐时光贴在一部旧相册里，回到西塘的前世，在烟雨江南中，启用自己清澈的真身，在抒情的慢镜头里，穿过窄窄的石皮弄和长长的廊棚，再辗转反侧，顾盼生姿，送书生别娇过桥赴考，看稚童弄堂爆竹烟花，聆伊人抚琴在水一方，赏邻里月下把盏言欢；吟灰瓦白墙万叠灯火繁盛今生；诵商贾游人往来穿梭不息舟楫，曳于缱绻水巷，或划舟弄菱，或随波逐月，描洇染在水墨画中的花叶纷呈俗世生活的独特魅力，绘"几代风雨"中的"桥头酒家"青睐寻常百姓、烟火人间的意犹未尽。

3

　　千盏灯笼脂粉色，八方舟楫杜康香。依水看斜阳；

　　水色波光黄布帘，楼台庭榭小乌篷。何处不相逢。*

　　待日暮渐垂，月色轻泛，鸟雀归巢，船缆

上岸，清风敛柳，店招纳客，寻一闲雅酒肆，依一雕花格子窗，斟一杯西塘老酒，与佳人疏影横斜，共才子吴侬软语，幻想一次"红杏出墙"的邂逅或艳遇……

把酒凝烟雨，举杯邀檐铃，低眉凝暗香。恍若隔世的你，就在我的面前，却不敢奢望与你碰杯，我怕一碰杯，满心婉约的水就碎了；我怕一碰杯，就情不自禁地醉在你"繁华、富庶"的景色里，迷失了我矜持的心，走不出你温柔的梦，找不到"衣锦还乡"的路。

"小院真情休莫问，岂与花事竞风流"？*自斟自饮。将暗恋的你藏于肺腑，将微醺的喜悦溢于眉梢。

恋恋西塘。恋恋离人……

4

昔年旧宅今谁住，君过西塘与问人。*

家肥待亲懿，人乐思管弦。……酝酒寒正熟，养鱼长食鲜。*

穿越千年斑驳陆离的光阴，月亮的宅弄红烛通宵未眠。"吴根越角"之水虽已漫漶三秋，却始终是"鱼米之乡、丝绸之府"的唯美光泽。鸳鸯上岸的青石磴，被木雕者挪做了"镇馆之宝"。制作纽扣的匠人，满手星尘与水痕，承续贝壳们脱胎换骨的传奇。古宅捋白袍，老屋抖素衣，戏楼唱不尽日子华丽转身的时代脸谱。兜售簪子的小酒窝，是《田歌》传承民俗草根的私房话。媚娘晨起绫罗裳，情郎夜卧读书声。"镜中有浪动菱蔓，陌上无风飘柳花"*。

"日晏始能起，盥漱看厨烟"。渔鹰出水敛翅，灯笼上檐飞红，乌篷船拴系桃花洲，银杏树烫了黄金头。制陶师傅的小儿子，接过一片橹，过桥拱，拂青柳，漫步移出千年旧时光，成为"桥多、弄多、廊棚多"津津乐道的盛世叫卖者。

"黄昏钟未鸣，偃息早已眠"。燕子回巢，银子归铺，美人安坐西窗。绣花鞋，等邻家少年小巷涨水，等青梅竹马吻醒两小无猜的月色。在西塘，抒情的最佳方式，就是找一个相好的人，撑一柄传统的油纸伞，听杜鹃花敲打门窗上时尚的银子锁，不顾烟雨弥漫，无问天色迟暮，手捻信笺上的斑斓红烛，秉持胸中的风花雪月，彳亍于密布的河流与桥梁，徜徉于交横纵错的宅弄与巷弄，漫步于贯彻古镇的烟雨长廊，演绎爱情离尘逸世的前世今生。

5

雨涨西塘金堤斜，碧草芊芊晴吐芽。★
何事轻桡句溪客，绿萍方好不归家。★

梦里水乡，诗韵西塘，"九龙捧珠"，"八面
来风"，百桥链镇，文旅新貌，非物遗产，人文
胜景，娇媚千般，风情万种。"向我如有情，依
然看不足"*。而我，只要你那一夜的浩瀚烟雨，
荡漾我无休的寻寻觅觅，只要你那一些绝世的丽
影、花香与水声，探秘呢喃在历史文脉里的"依
依似与骚人语"*——

"杨柳回塘，鸳鸯别浦"，"一片瑟瑟石，数
竿青青竹"，"为谁摇落为谁眠"*……

*：摘自古人写西塘的诗句。
★：诗句摘抄。

西塘漫行（组诗）

鲜红蕊

1

在欢喜处遇见了你。隔着一座廊桥
再飞越一片瓦当，西塘的夏天
如此漫长——
藏得紧的江南。小桥流水、粉墙黛瓦
时光搬不走的飞檐，隐身于
一段唱词之中

苔藓染绿了墙角，廊棚录音了雨声
我盈盈小步，从川西而来
凭栏远眺。微醺的蓝天静谧
一尺白云
倒影在水中，像吴语一样软侬

在石皮弄，我的心自投罗网
幽僻的小径上，一个人自带水光

暮色沉沉。与时光对峙
弄巷深处藏着
水乡人家荷叶粉蒸肉的味道

烟丝醉软。又有一些怀念在荡漾
灯笼在流水的背后，摇曳
从春天到秋天，植物由盛转衰
我在西塘，等一段柔软的爱情
——姗姗来迟

2

一排盘花纽扣。呈现出各自欢喜的模样
如蝴蝶展翅，如蜻蜓盘旋
在对襟的旗袍上，一个个吉字、囍字、寿
　字
穿越时光，移步窗外

走在烟雨长廊处，流水流过的一半
组团出了古镇。水面上，一艘乌篷船划破的
　镜面
慌张中，留下蓝天的影子
收藏下阁楼、瓦当和一条小巷里的故事

一声声"叫卖声"，递过热腾腾的生活
一碗豆花的香气，扑鼻而来
客栈旁，酒旗展开
唐宋的风韵，流转在西塘

锦衣，团扇。左一步古代，右一步近代
走出了石皮弄
走出了二十七座桥
便是走出了西塘

3

一棵香樟，一句相思
一座古桥流水，一幅淡雅水墨
让一个异乡人走了又来，让一阵清风扑面
把西塘吹皱了一遍
又再一次烫平……

把那只摇啊摇的乌篷船，留在昨夜
今晨，在西塘水面上
许多只水鸟，在练习读唇术
斜倚栏杆，在流水的深处，记忆从来
就不肯辜负故人

一缕丝绸作证。一个抒情体的西塘
在它缠绵意象里，伸出兰花指
唱一段越剧，不散不见

    4

水光引路，慢慢前行
在你的踱步声里，我找到一丝慰藉
我们本是一对透明的喻体，在西塘的柔波里
变得飘渺，轻盈

再回到故地，重游。流水依旧
星斗阑干，每一颗从天空投射到水中的星辰
都是伴侣，友人。而身后的微澜
一直在悄无声息地定制着乡愁

从这里抵达内心的另一个故乡，可以沉睡
不要唤醒我。在我的眉心深处
有一颗美人痣，如精致的纽扣
轻揉，便解开了一夜的踌躇

我一次次陷入这无边的回忆里
追随着一个摇桨的人去对岸，走进万家灯火
夜晚流萤，人声鼎沸

你一定在其中提着一盏灯笼在走……

5

一页信笺，泛黄。如明信片上的风景
打开，午后的一刻
记忆成了一件往事，如探进窗户里的微风
吹动窗帘，滑过砚台
再带走一个人浅浅的困倦，向晚

我已穿过带着斑点的西塘，在一片旧的檐瓦
下
避雨，如一个瘦小的惊叹号
微微酒醺。从追溯一条河流的去向开始
西塘，已被我打包寄往远方
错的是地址，对的是目光

人世间最美好的修辞，往往一笔带过
在最简洁的画轴里，展开
一卷江南，半卷是西塘

6

读懂时光，便是读懂了西塘
一顶花轿，十里红妆

西塘里暗藏的火，火红的嫁衣、火红的中
　国年
春风徐徐，把日子吹亮

我愿意做那个长醉不愿醒的人
在这里置办家当，安放静谧的爱情
水气氤氲，鲜花二三
只等一个水边的西塘，碧波荡漾。撑着船
转弯，摇橹
沿途遇见夕阳与一扇虚掩的木门

树影斑驳。在岸边
走一圈古镇，仿佛没有终点
被水声锁住的西塘，一场华丽的烟雨
落下来，便打开了通往
唐宋的大门

　　　　7
久居。西塘的纹路尽在手心
从廊桥到画舫，从烧香港到木雕馆
我的路径，随心所欲
在江南的细雨里，平平仄仄
格律工整。雨打芭蕉

梦中的江南水乡 | 127

我愿意把遇见的每一个人都当作古人
我愿意把每一句方言都听成宋词

夏日。西塘，古典的萤火
移动着微型的灯笼。置身于漫天星辰下
静听水声，夜语
时光如此快，又如此慢
人间的大美抵不上
一阕风月，自言自语……

词牌的西塘（组章）

梅一梵

忆江南

刚刚认识一座叫环秀的桥。

倚在墙头的白云，松开手，把梧桐花浅紫色的雨，落进水中。

晨雾归隐，欸乃弥漫，水作的鸟儿，用一两声又白又嫩的呖啭，打捞陈年和往事的鳞片。

苏绣的屏风，拦住了小镇进进出出的楼阁。而空留的石阶，被蜡染的轩窗，一字排开。

我来得有些早，粉墙和黛瓦在水里洗脸。烟雨的长廊，被咯吱咯吱的老屋，晾在门外。

姑娘画眉，阿婆料理鲜肉粽。瓷瓶的梅花端坐在铜镜里，写作业的小男生端坐在铜镜里。

他是古镇的窗户，一帧水灵灵，尽善尽美的窗户。

扭身一问，油纸伞还没有遇见她的白马，一

树红杏刚刚变成小青果。

门静静关着。你拒绝等我吗？

我不想在檐下独自老去。打算在古渡旁，再迷一次路。

醉花阴

昆剧的水磨腔，勾勒着古镇的今身和前世。

你需要合上眼睛的帘子，用嗅觉打磨菊花，兰花，丁香；蝴蝶，蜻蜓，贝壳的纽扣。

并忍不住，怯生生解开风的脖颈。

艳晶晶的心跳，羞红了小嘴。

就像水在落花。

就像你来了，西塘忍不住心里的忧伤，把去年的花，又开了一朵。

而纽扣是另一种花，木雕也是另一种花。被绣娘一针一针刺，被锉刀一寸一寸割。

酒旗斜，茶又凉。平弹声聊起明清的小说。

戏台的藻井，把柳梦梅的折扇，埋在时间断层。

我可以肯定，寄存在藕花深处的情节，已经吃醉了酒。我可以肯定，一个暗香盈袖的想法，猛然从背后，将我拦腰一抱。

声声慢

恰在此时。

关关鸟鸣将我推醒。穿衣起身，没有绣花鞋在时光里等我。

推窗，水，枕水而卧，叶脉清晰，余韵慵懒，几乎还没有从瓦当上离开。

捣衣声一会而明，一会儿暗。就像庙里的木鱼，在水的巷子里，一滴一滴，踮着小脚丫，慢吞吞行走。

就像水慢慢变成水乡，花慢慢变成落花，雨慢慢变成梅雨。

巷子太纤细，只能侧身慢慢试探。视野太幽深，需要一辈子的光阴来蹉跎。

我不用怀疑，石头的皮肤居然可以做成一条弄。窄窄，仄仄，仿佛瘦成一根丝线，一枚绣花针，但从不挑剔燕瘦环肥。

两岸的滴水檐回放着鲜衣怒马的童谣。我需要月亮的白玉簪，帮我找到打碎的红灯笼。

渔歌子

果然，一只蓝印花布头巾的船，从桥下蹚过来。

游人退潮。

静静的石磨，用第三只眼睛，打量我。你显然并不在场。如果我想应答。青花的唱词却停止了吟哦。

田歌来的恰如其分。

吴音侬语，谐音双关，平调的滴落声嗨啰嗨啰。麦子分蘖，秧苗抽穗，油菜花被蜜蜂的嘴唇逗笑，莲藕更愿意被轻解罗衫的娘子采摘，稻谷一年收两季，梁下的雀替一张嘴，瓦檐就开苔花，酿草籽。

又甜又脆的菱角，为我遮荫。

兰舟向晚。渔夫打烊。鸬鹚独自挑起寂寞的黄昏。

我弓腰洗手，一河的石桥，流过我的掌心。田歌纷纷入水。水不折柳，也不摇扇。鱼米的态度，稼穑的态度，小桥流水的态度，以念白和唱腔的形式，向西塘致敬。

这一回，我忘记了出神，忘记了入化。

倘若我摇着蒲扇在井边乘凉，你一定猜不出，我是莼菜或是清水虾。

水调歌头

在西塘，水是水鸟，水碾，水墨的另一种形式。

水，解开船的缰绳，解开水的胸襟，桥的胸襟，弄堂的胸襟，让人类沿着历史的犄角，湍急的跳跃。

有人采桑孵蚕，有人捻线缫丝。绸缎、绢帛和布匹，走过北栅和南栅，被联排的漏窗，联排的水路，推向时代的前列。

五姑娘和独瓦亭被水，晴耕。银杏和杜鹃花被水，雨读。

我没有足够的时间将你揣进袖怀。

在西塘，水，是汗水，泪水，上善之水。水，是河，是岸，也是路。来路和去路，终点和起点，都被汗津津的水攥在手心。水的森林郁郁葱葱，水的山河榫卯相扣，磅礴如明镜。

水，滴水穿石，锲而不舍；水，淡泊明志，宁静致远。

水以仁爱之心，良善之心，包容之心，为后来者领航。

一副楹联，需要一扇门来注解。一汪好水，需要西塘来教化。

落在西塘的雨（三章）

崔国发

西塘古镇

风吹西塘，古色古香，于一场旧梦里渐次抵达：廊桥、皮石弄与窄窄的江南深巷。

撑着乌篷船，深入浅出的双桨，划过烟雨、垂柳、客栈、乡愁和千年水路上滴沥的

十万顷波光。

一声声欸乃，在雨燕的翅尖上合辙押韵。瓦当的音响。

听惯了吴侬软语或越剧，打开纸做的折扇，唱一阕阕嘉善之善，在古戏台上，飒飒传来银杏的风声，田歌，蛙鼓与流水的潺潺。

斜塘的水墨，洇开：历史的涟漪与波澜。

冉冉，祥云与紫气缭绕，如水的时光，斑驳，

在梦开始的地方，洋溢着一片熟稔的鸟语与花香。

西塘田歌：《五姑娘》

子规声啼：总在春梦中，说出心中那个爱字。

等你，相约在洪溪。

从西塘里剖开一片丹心。一个水乡女子，于潮湿的心事里默默地表白一片缱绻而绵绵的深意。

于一口深窑中燃烧——

独瓦亭，送给情人的信物。一个人捻泥，掺和春天的希冀，还有一小片黏稠的月光，清愁或一泓流水悠远的孤寂。

给你：在芦墟塘边，暗送秋波，一圈细细的涟漪。

摇碎水中的影子，你怎么也不会想到，会陷入波涛，暗藏的杀机？

魂牵梦萦，凭栏远眺：紫燕飞去，岸畔的丝丝碧柳，只垂下一声长长的叹息。

落在西塘的雨

线装的西塘，在素淡的雨中，淋湿那一页江南的水墨。

从眼眸里流出。我与雨燕不一样——它飞走的时候，我却在那平平仄仄的青石板上，留下一行行细碎的脚注。

如泣如诉。回声于一排排斑驳的瓦当上报答：旷世的闲愁。

淅淅沥沥的雨，盈盈滴落于梦里水乡，似从古典的意境中吟哦

灵动的诗句。

一见钟情，却又默默无语。

真的难以释怀，悠长的雨巷中，一种深刻的孤独。

仿佛一抹旧时光飘过——窄窄的皮石弄，记忆中的月色，幽幽的起伏。

一滴，一滴，此去经年，打开一个人的灵魂书，雨一直听从心灵的吩咐。

桨橹摇醉的波光，恬淡而淋漓，色泽古朴，从乌篷船上一跃而下，学会静静地投入。

我愿是那一泓湖水里的一尾忧郁的鱼。

西塘曲（组诗）

张 琳

1

我的灵魂是一滴水

昨夜在梦里

我化身为一朵若隐若现的梅花

留在了西塘。

跟着薄雾慢慢渡过九条河

我已渐渐知晓流水的来意

无非是老子

笼着宽袍大袖在水面上写下一个道字

无非是两千多岁的孔子在一滴垂露上

写下一个仁字

无非是我，活了三十年

尚不知我是谁

雾里看西塘

空，是西塘的色

色，是西塘的空

而一个人临水而立
心中有着前所未有的宁静
仿佛二十七座古桥
倒映在清晨的水面上

2

请刘伶来西塘
醉，就有了另一种醉意
请嵇康来西塘弹琴
琴声，就是隐居在石罅中的水声
然而，请李白来
岂不更好，竹叶是腰间的佩剑
荷叶是书生的良田
今夜，我们对饮可好？
人世间难得一见之美
在西园里，化为游廊、水榭、凉亭
君子一样的白皮松
早已在一旁写下了西塘的青史。
来，我们四个人
就这样静坐在西塘的东南西北
一起恭迎明月降临
月光确实是一页质量上乘的好纸
不著一字

已把石皮弄描写到了极致。

3

西塘之水

可当酒

朝霞就醉了，西塘之东红扑扑的

夕阳就醉了，西塘之西红扑扑的

我也醉了

一会儿将古镇廊棚读成了小说

一会儿将雨巷青苔读成了散文

诗，我还不敢轻言

那水墨画不尽的

那水灵灵的田歌

唱不尽的，让柳亚子来写……

4

环秀桥，怎么看

都像是西塘的一只银耳环。

传了多少代

可以问太湖边上的青山

如果嫌路远

可以随时抬头问流云

低头问客船。

毕竟，船是水中的云

云是天上的船。

千年时光

也仅仅是西塘的过客。

而时间，有时也会化作淡淡的桂花香气

越过白墙

漫过黛瓦

从东街来到西街，仿佛一盏清茶

袅袅娜娜的

出现在根雕馆、瓦当馆的几案上。

人有闲时

桂花也有落的时候

桂花落在低处，就有了数不清的小桥小弄

桂花落在夜静时分

水乡人家

就有了星星点点的灯光

                5

再多的诗

也写不尽西塘之美

再多的人，也带不走西塘的烟雨

那惜别的泪

有一滴

算一滴，都留在西塘的美梦里

说好了

我还会来到这里

在一座暮晚的石桥上

坐上一个时辰

吴语或越语的蛙鸣当然好听

但我更愿意听流水声

与我的心声琴瑟共鸣

阔大的荷叶，当然好看

但我更愿意看一群水鸟

像一排纽扣

缀在西塘的水袖上

我还愿意

与桥下的绿水默默对视

这么多年

我深知流水的眼神

最清澈

西塘，光阴谣（组诗）

谢健健

西塘，光阴谣

水上戏台乱红飞过，出自《琵琶相》。
临河住宿店家，暮色中的木门窗，
有沉敛的好看颜色。丝竹与船帮，
都曾有过滚圆的树木形状，鸣响于人：
一些被吹奏在气流中，完成上升，
一些被踩上驳杂的脚印，贴近河水。
她为你呕哑南曲，吐露粉蒸肉养大的舌头，
而胸腔已完成了一种换气，引你分神。
渡口与乘船，一对牵引的状语结构，
生生不息地摇动木桨，带你徜徉在水乡，
看她如何唱完这一曲留客的光阴谣。

西园雅集

在西园，我们重新坐下来，
闻白皮松，风捎来老树的香气。
我们谈起柳亚子，猜测他，
应该也谈起过另一位古人。

在听涛轩吃茶，丝竹声
渐渐不闻，遁入太古。南社论诗，
此刻和我们无限接近。

波澜一世，"一卷生吞老杜诗"
老来多白发，一场大梦中，
他坠下了理想的温床。

导游声将我们惊醒，
在为他说几句少年的风流，
而我们静默于"拂袖南渡"，
游人多了，才向一张合影郑重告别。

在慎德堂

饮酒归来，我们回到这座明代建筑，
红色小灯笼，提醒着冷月映照疏桐。
西塘深夜，游人仍不绝如织，
有酒吧歌手传来少女的思慕。
这个小院子，应该生活着嵇康与长命女，
比如此刻，你想起那个闯入的午后：
画堂老者，拨弄着一架老式古筝，
他指尖流淌出的高山与流水，
惊走了慎德堂，那两只梁上的春燕……

在烟雨长廊

在烟雨长廊，你徘徊在汉服的幻影前
思虑双扣对襟的合理性
那个女孩曾经在这留下剪影——
过道狭长，够她纤细的身量
灯影摇曳，衔来旧历十五的月光
整座长廊倒映在人影憧憧的碧水中
因为静谧而显露江南的碧玉气息
只有你走在美人的绸缎曲线处

温养她长大的，多雨而温柔的水乡
它向你展示了江南的义项
以及无数义项中，你所深爱不得
而长久不能忘怀的源头

西塘印记（组诗）

厉运波

一页青瓦，在烟雨中修炼成乡愁

天空带着鼓，但不敲响
风，随意走来踱去。轻度的比拟，留白，和
　弹性
一种迷离，缓缓入耳

表情，一片片叠压在一起。像等待曾失散的
　天鹅，与舞姿
为了从容，而修炼成忘我的清净
古镇披着鳞片，承受天下最煽情的烟雨
月光葱茏，星宿斑斓。我说的西塘，张望在
　一页青瓦上
春色盛行
故居和水光，养成惹眼的往事。那些曲折
也在瓦片上推演、流转

每一次张望，都想要占据一个情节

与乡愁，兑换一帘烟雨

与佛有一面之缘。经书端坐在脊瓦上，像另
　　一个天窗

更多的时候，为了潜伏

青色天空的致幻。似一面斜坡，流云一边放
　　牧

一边遗忘

我放大的眼角，证实不了什么。所见朝暮之
　　光

都是乡愁的暗礁

在一片屋顶上搁浅、渗透。一页青瓦，古镇
　　半空中的积水

落过蝴蝶

也落过沧桑的钟声

江南风情的进化论。西塘是一个容器，即使
　　一场落雪

也填不满所有时间的空隙

青瓦，欲温故。千年修炼的耳力，撑着天空

散页：曲中人，画中人

有片刻的意会。老街凝华
瞳孔里闪着水
时光再慢一些，我就能望见那河流最终的出
　口。此刻
古镇的午后，渐渐有了木楼梯的吱呀声

瀑布般的
神情涌现。那些肖像的，皮影戏的，木偶剧
　的
那些曲调，流淌在两岸坊间
额头上的水光，犹如一枚闪亮的纽扣。解开
　了
那些故事和人物，就一一走出了幕后

有一年初春，西塘的雨丝如颜料
飘荡着印象画派的线条。如果稍微再添加
　一点小情绪
就洋溢了整个画布
凝视，缓冲，我一生偏爱的江南
浮现在一帧画意里
那些委婉声色滑过皮肤

那些旧居里时光的器官，散发着感染力。有
　　人在画画
有人情愿成为轻描的画中人

画板上，小桥推演流水
水里的影子，喊一声，就挣扎一下。站在夕
　　阳里的人
他的余晖，比内心狭长

在西塘遇雨

刚开始，我不敢惊动檐瓦上那似落还挂的
　　一滴雨
是真的。我害怕，我一动情
一幕宏大的江南叙事，会随之抖落、晕染
天下记忆将无遮无拦

那种弥漫与轻荡，是无法陈述的
比如两袖水墨
运用到一张宣纸上，洇出了传承的风骨。我
　　的西塘
住满了诗行和新枝

雨水听见烟雨腰身，漫过古镇市井
听见灯火，落进窗棂下压低的说话声里
听见流水敷面。白墙黛瓦并不是唯一的讲述
　者
我说的晚唐，是一阕淅淅沥沥的诗词

那年，因为一场雨
我留宿在临水的客栈。雨中，灯光浮起来
河岸丛生的梦，谁都能触碰得到
即兴的，有无数雨滴贴着面颊。有半身烟雨
仍抵押在记忆里，无法自拔

石板路是湿滑的，人一踏上去就恍惚了
老街巷口的雨，比想象的要虚幻
其实，我想要的只是一个背影。不需要转身
能叫住片刻的想象，就足够完美了
西塘的雨，不分肥瘦和缓急。只分享沥沥往
　事，和头顶上
蹑手蹑脚的小青瓦

廊下，脚步小心翼翼
落花趋于无声。除非有一把油纸伞，将一
　个背影送别

否则我将永远守候在丁香一样的彷徨里
丝丝缕缕不可言状

走过烟雨长廊

是接近，而不是看上去
像陷进古镇的旧梦里。你再伫立一会儿，就
　　成了檐下的雨渍
一个穿红色外套的姑娘，沿着长廊
跑进自己的幻觉

而行人，依靠追忆
使跟随他们的烟雨，有了另外的口吻
身影像一个个漩涡
不动声色地讲述着他们的过去
光阴久居，西塘是越积越香醇的境界。弹
　　小曲，听流水
在隐隐时光里盘旋
望见童年舔着麦芽糖，一闪跑过

等一些雨水，沉入耳际
对年代的致意，陈列在窗台的瓷器上。红灯

笼，映照的旧址
我尝试着，在你的肩头
找到那片流年似水的夕阳
像绸缎，惹了春风的腰身。桨声出没，船影
　　是取不尽的繁华
沿着悠长廊棚，走着走着
我们就逾越了吴越之界——

像个遗民，面对时光的不战而降
流水经过脊背，扯着几缕斜阳。日月静养，
　　古镇暂无事可论
古镇打量着无数烟雨的过客——

速写：在一座石桥上送别晚霞

再缠绵下去，就是错觉了
石桥附近，仍是念旧的地带。一些轮廓终于
　　开窍了
一天天的春光，等一个若即若离的人

石栏可有可无，旧居已被河水磨平。镜面终
　　被打破

水中对称的我，分身两种前世

那虚像，映在脖颈上

在泅水的白墙上，日月破釜沉舟。或者为记
　忆松绑

一圈圈的涟漪

从我的眉心迅速逃离

流水不止

古镇半醉半醒。环秀桥上，一抹霞光拽住
　我的衣角

一树柳丝，慢慢雕刻内心

那么传神的背影，越过了春天。我一直站在
　这里

像一座石桥，被流水梦见的样子

我相信，那一刻我是温热的……数年后，古
　镇还是一架斑斓的古琴

夕阳慢慢到来

夕阳透过古典浪漫的晚风史，抵达西塘——

西塘轩窗图（五首）

孟甲龙

1

嘉善以北，洗衣服的女人最好命

我欣赏着背叛故乡的身影，浮动的流水
成了宿命的绳结，将轩窗内
梳发的姑娘，还给一朵秋叶

于是，白天停泊在船头，黑夜在月光中
逐渐隐退，男人的天堂被忙碌占用

于是，唇印烙在额头
分娩爱情的可能性，永恒不灭的记忆
许多年以后，仍在等待伊人

母亲说，温柔的女人乐于奉献
就像寅时破裂的拥抱，碎片拼凑粘连

余生就成了一场吻戏

环绕于西塘的语言，棱角分明
坐在岸边，我经常听到来自乌篷船，茶馆
的戏曲，不知西窗剪烛的女子
是否也知道
思念是一种病，不能过于饱满

          2
爱情很奇妙，可无人抱怨——
姑娘是以降临的方式离开，而不是归来

失眠的鸟群，也在寻找得宠的姿态
是飞行？还是守护

只有低泪点眼睛，才能让爱情成为依靠
西塘能让失衡的灵魂变得优雅
孵化出陌生的优越感，让相见恨晚
不再是某种遗憾

或许被否认的思念，才最适配油纸伞吧
打开是凝固，合上是念想

立秋的日期足以让爱情熟透
尽管牵挂令人感动，但依旧有少年迟到
不敢敲门，怕惊扰整个世界

3
西塘多么像个秘密，渗入大地的赞美诗
还不够用来抒情
从此，补偿也成了情债

女孩胆怯，羞涩，如何还清暧昧
这是个问题，要等到十八岁的年纪
彻底磨平棱角

挽纱动作很熟练，唯一的瑕疵或许是恨
以至于尘埃也不想接近

礼物没有清单，茶馆是一颗待服的解药
在叫卖声里逐步退役
只剩青衣独自拉扯斜襟，心中良人
应该是米绸色的吧

由外而内的情感，往往会成全
游客的偏见，对"善文化"的传承

也在沉淀，恢复超重的状态

在西塘，你会拥有一句真理：
爱情正以看得见的形式回旋，碰撞，叠合

4

月亮，黎明和太阳，隔着我们熟悉的归途

铺满青石的告白，更能感知
吴侬软语的凛冽，你的身影火候不够

变得曲直，缠绵悱恻是最无辜的回响
替西塘苍老了一段童话
替莲叶复活凋敝的晨昏，雨季沉溺在船舱
独居的人，把日子贴在鱼腹

爱情的汛期不会生锈，西塘声音
像雀跃在指尖的雪花，自古多情损梵行
也在治愈胆怯，兰桨拨乱情僧的胭脂味

相思混杂着些许争执，发育良好的沉默
少了倾诉的对象，如水游离的悲怆

落日跌进西塘，那一刻
故乡与西塘一致，海棠花呈现的物境
让不属于女人的浪花，开始返潮

5

我在西塘找寻爱情的归宿
小轩窗之内，忽明忽暗的火焰像极了捷径
时尚与怀旧，都是女孩设的伏

卷帘人将姻缘交给青衣，一块石头
洁白的，与流水人家保持暧昧
像在弄堂半遮面的红颜
面对诉求，也无法让男孩成为忌讳

在西塘，幸运的女子属于风俗
我把等待归咎于命，甚至不敢触碰
风尘的困境，担心自己不能安全抵达彼岸

那片水域让男孩懂得了珍惜
轩窗是极具暧昧的暗示，解开江南叙事

遇见西塘（五章）

许文舟

塘东街

苔生的光阴，覆盖着青瓦。我看见灯笼，在小巷闪身。

有茶，已经很现代的塘东街，显现它唐初的轮廓。酿酒坊，人们在提练一条小溪，酝酿古人秘制的醉意。

早餐的话题里，有人又提到今年的大水，依旧是中世纪出发的怒容。老人平静地完成着太极的动作，虚拟的刀枪，把所有的阴谋栽赃给夜晚。

现代的灯火，抹去了马蹄，博物馆里有马长嘶。钟介福药店的老板，亲自煮药，一座山的味道，居然可以理疗脾虚胃寒。酒住高楼，茶在低处，接近生活的，永远是白菜与五谷。

夜景里的读书声，已经延续了许多年代。有人在绸布庄做好的礼服，就要去庙里，和山神打声招呼。

小船一头雾水，从幽巷里探出身子。塘东街开始穿上，夏日的莲蓬。

最初的村庄

必然是零星的火塘，喂肥了炊烟，然后才有倒下的树，竖起耳朵的狗吠。

有人将蚕放在掌心，比喂养孩子庄重。野菜开始适应人们的胃口，一些动物，收敛了野性，尝试着在人间当牛做马。

这是唐朝，辞官的诗人忙着去山中采菊，遭贬的幕僚在市井种梅。满山乱蹿的野火，只取一粒，白天烹煮，晚上御寒。有人结网，日子便有了剪不断的蛛丝。

水边，那时候真是干净。浣纱的少女，把双手伸进河里，踩到了不经意流逝的容颜。水车，是让水往高处走的台阶，灌溉着归顺的禾苗。有人击石请神，有人拍胸发誓。

确实可以从出土的碗、炭化的谷粒，了解西塘五百年前的晚餐。窑火为证，提及这些，仿佛都是天上的事情。

聆听田歌

声线有低处的湿度，在夜晚，会把人心轻轻啮咬。醒着的梦，引诱它张开手臂，那种甜始终是，拥抱的姿态。连民歌也是这样的把式，清亮的音符有水乡的波光潋滟。

没有专业的舞台，田歌是散养的。祖先定下的调门，基本都适合饮酒、对歌。有人填装吉日，有人放入良辰。它硬是从田头，走向都市的舞台，在聚光灯下，让远离农业的人们，看清水稻弯腰，小麦昂首。

喉结滑动，田歌从供案下来，仙气的音符，一粒粒飞出寰宇。这歌无法驱寒，但可以问暖。河网交错，不见得路就一马平川。

跟着田歌插秧、送粮、在乡愁里走访远亲，也可以守着一壶杭白菊，以茶的姿态，等着春风。

越剧里的陆游与唐婉

并不是你恩我爱的奉词，管弦断，也就有几多诗，注定悲凉。三试不中的陆游，仍不甘将赤诚掩埋。笔尖的疼痛，眉间的伤，在越剧里都可以打捞。

春风不是伊人消瘦的根由，一堵墙，成了聚散不由人的帷幕。梅花是雪另外版本的样子，桥断就断了。目光为驿，可渡秋风。

越剧里，落在鼓面的棒槌，激动得重复着同一样动作。理清漩涡，直成一条河水，拎几句杜宇叫声，就有竹筏划过经书。

无辜的人，喜欢在梅的萼片上绣花，在蕊的子房里填词。只有揪心，没有撩拨。桥一断，等分暗香，借用喻体，理疗破烂的黄昏。

朝中事，世间情愁，在一出越剧里，成为应时文章。断桥边，芳草戚戚，像谁的心绪。

七老爷

每年农历四月初三，在七老爷生日的时候，西塘人都会选择火把，让老人回返人间，坐着喝茶。

他说西塘方言，喜喝豆浆。竹笋忙着破土，泪水忙着收场。人世真忙，就连花朵，也忭成急匆匆的样子。

七老爷不忙。给朗读的孩子呈上清风，让拉

车的马尝到草香。敬茶喝出旧事，杯酒饮出过往。用绿色绘制山峦，每一个黄昏让人心安。

跑马戏，摇橹船，荡湖船，都是以迎接七老爷的名义，犒劳一下自己。上轿的，骑马的，好像都是游客。跟着狂欢的，仍然是人间蓬勃的欲望。

染坊，有人剥茧抽丝；酒庄，诸神语无伦次。七老爷是个好人，名字上了碑文的额头，西塘人仍然想请他出面，端平一碗水盛放月亮，剖开一朵梅添上暗香。

想想，七老爷成了神，得天天下凡。

西塘，一张铺开的纸，落笔生花

（组诗）

若　水

西塘记忆

一条古街，自东向西
由一条河拴起来的廊棚和屋舍。河水清
洗它们一身的铅华
草木干净
时间在这里放慢它的心跳
一千年以后
蒹葭不曾改姓，还是摇曳的江南女子
还是水柔情怀

这是我对西塘的记忆
就像记住一个沧桑的人，以他不改的初心
在一方白墙一角天空上
写它的前世今生

但它是一个活力的词，长三角生态绿色
一体化这本大书
不能没有她饱满的一笔
一朵云飞
一江水流
不能没有她的鲜活和灿烂

比如一粒朝露的起落，一片夕光的消隐
都在一转身之时
怎样的语境下，才能消除我们的无视
又将怎样一个契机来激活它
不使委顿

给它一支新桨，这是一支描绘的笔
给它一条新开的河，这是一张铺开的纸
落笔生花
一个词，便是一个起飞的时代
一片光在渡

这也是我的期待和展望
期待着我再来西塘，在它 8287 平方千米的
　　土地上

我每踩一脚都是葱郁
每一棵草木都发出清脆的响声

然后允许我夜走祥湖荡，伴清风
一地月光。那时候，我可以搬一河桨声灯影
与西塘彻夜长谈
每一粒水花都是我永久的记忆

在西塘看水

九条河，一百零四座石桥，前通街后连弄
时间在这里放慢它的心跳

更多时候，我也成了一个安静的人
来到桥堍看水
听廊外烟雨，一边读书
书里有水声扬起
波纹演绎人生

像不像谁，把他身上的伤口
一处一处展给我们看，揭秘了什么
又闭合了什么难言之隐

如此执意，又显他的慌乱

为什么水明媚，又有至暗时刻
风在它的间隙处做了穿插
河是流
不断地起身，行进，是否也有走累的时候
落脚哪里

我手头的那本书，是否也该合上
一页守着安静
一页是日夜窜走的一只脱兽

沿着河边走

在廊棚下坐久了，便起身去河边转上一圈
常如此，信步
看平静的水，抬头有鸟飞过
有时，遇见一个熟人，抬抬手
以示友好
更多时候，是我一个人走
从卧龙桥至永宁桥
从此水走到彼水，阳光在漾

风吹着河边树

有时，我想得有另一个人

一起看这些时光的叶子

如何翻动它的日子

或者想象自己是另一个人

站在廊棚下，是另一个时间的寻者相遇

必定自然

必定轻逸

是一个水里跃出漩涡的那个人

晃动了大片寂寞芦苇

西塘，更愿它是一件文化衫

一提起西塘，便想到江南

船横，渚孤，水流去，人都走在烟雨里

一条诗画古街

被攥在嘉善人的掌心，或在一个女子的

嘴角隐现

一街一店，一廊一靠

一排河柳吹春风

都是精致，都是妆容

但我更愿它是一件文化衫，穿上它
撸一撸，是吴绣水袖
走街串巷，剪一幅现代为前幅
而后襟不失古越遗风

每一枚风月，都是它别的纽扣
每一粒纽扣挂一粒文字

揿开是我
披上是我
但我更愿是个落魄之人，怀羞愧之心
退流水之下，为它写诗
写到自己是另一个人
写到草木为居所
我的衣衫落满今晚的月光

西塘：永远都走在水上

张晓润

1

为了约见更好的西塘，我置下婀娜的旗袍，红色的缎面像我扑向你的烈火。哦，西塘，在这里，就在这里，我的火焰，你的流水。

北方坚硬，从我靠近你的那一刻起，我就急着卸下戎装，我是北方的一枝红柳，如果我怀有铁钉，我要在靠近你的那一刻起，弃铁而从棉。

靠近你，嘉善的街道像是温柔的指引。嘉善的嘉，嘉善的善，会是怎样的一场造化，将两个如玉的字紧紧粘连，直教人在银碗里盛雪，在相思里不闲？

在嘉善，除了西塘这个粉身之物，还能有什么送我再回年少，做一回喜挂灯笼的孩童？

2

如若架上的白鹅，总系着它的红尘，那么西塘，你的绿波一定能撑起无数的红掌。

自然与物物之间的光华，黯然退后，又光明向前，我将作为证人，用无形的喜悦，将清凉的溪水，奉为炎热的河谷。

在进入西塘之前，我得拿捏好一个身段，我得戒掉北方女子的大步流星，戒掉手搭凉棚的习惯。

慢下来，再慢下来，我不能动用宽袖来擦汗，我要一寸一寸地取出绢巾，我要将额上的细珠带出新的锦绣和前程。

或者，斜弋出一把好看的木纹的伞，依向阳光下诗意的篷船。

3

此时，我看到了灰瓦的爱情，那大红的灯笼是它爱着的漂亮的眼眸。

灰白相间的房舍，如此强劲和迷漫。西塘，它拒绝妖艳的色彩的铺陈，拒绝缤纷和绚烂，拒绝所有的安眠，离开灰白的墙壁和床榻。

在西塘，灰白是一张昂贵的皮毛，它上面沾满颤栗的珍珠，消解并潜隐于一带水城。

日归可缓，小住甚佳，近灵魂的事物，一定是在西塘的灯影里摇船过如月的桥头吧。

在西塘，最好不要寻求旱路的突围哦，一带一路的水流和流水，终究不负十里忘喧的一把清欢。

山河远阔，不必揽尽人间烟火。余一指缝隙，与西塘眉目传情已足够和甚好。

4

千年西塘，千年古镇。与古为徒时，西塘以廊棚当户，于户下设桥、撑篙、铺石、挂灯、张贴。起起落落，日子春光如麻。

女子绕麻如梭，而西塘堪比入座春光的女子呢。它犹抱琵琶，它风姿曼妙，到过眼前的人，爱上它的静或动，一如爱上明亮的精神。

西塘多桥，104座小桥是104根分叉的神经，每一条都是抵达也都是归顺。

不用柏油装饰梦境，青石板上的点点跫音，就可以敲响每一节朝曦和晨昏。

"永远都走在水上。"

这是沃尔科特式既干燥又潮湿的一个关于

西塘的断句吗？

5

错过柳岸晓风，弯腰临水照花，影投水中的人，我未曾在此播种，也不敢在此索要收成。

但西塘仁慈，它在我倚马可待的张望里，教我撒网、收网，试着打捞吴地文化，试着用水的密码和唇语，解构江南六大古镇之一的迷幻和玄机。

站在 82.92 平方千米的面积上，我是白名单上不易觉察的一颗水离子，我用针尖上细小的芒，在努力打探一个水乡庞大的叙事。

多么窄小的人间，多么宽广的星空啊，西塘在上，我的抒情结结巴巴，我的转述磕磕绊绊。

古镇千年，千年古镇，我们有幸在大地上往来，你的长舞和短歌，终究是吸食我的美的黑洞。

6

多么适合怀旧！有一种廊棚，它从街头蜿蜒到河，有一种圆柱，它自觉撑起倾斜的屋瓦。无言的交汇，像烟雨在烟雨中倥偬、来去。

爱屋及乌，有一种庇护叫太阳大的时候，有一种等候，叫雨声起的时候。

而西塘的廊棚，概不以主贫而觉位卑，更不以主富而显身优，千篇一律的脸谱，构成了西塘的另一种表情和大境。

千家一檐，西塘一家，博大的人心、宽厚的地理，成就了一方水土自由、斑斓的梦与现实。

多么怀恋啊，我们曾在北方的排子房前排排坐、吃果果，彼境如同此境，中年的游踪，此时，怎么也会挂着少时的云帆？

7

走在西塘游人如织的街道上，如走在水墨的美术大系中。

卸下城市的聒噪，被丝竹缠绕，被流水挽留，这黄金般的腹地之上，申嘉湖高速多像植入西塘体内的黄金线雕，它载动良医、情侣、鲜花和酒水，也载动生锈的铁钉，那努力靠近船舷的宗教般的虔诚。

如果西塘叫人美到疲累，那就在叫梅花的客栈歇息下来，木床雕花，窗下款凳，没有内忧，也无外患。

如果入塘之心已遭持，就索性执迷而不返，将庭院深深锁庭院。

8

西塘有弄，又岂能错过。

宅弄深处，曲径通幽，蜿蜒如蛇。行至尽头，豁然开朗，别有洞天。

在街弄中穿行，如行走在时光的隧道。长弄、短弄、窄弄、宽弄，无论你有哪一种腰身，西塘的弄都会致你以太极拳般的迷踪。

试把里弄做花径，堪将篷门认家门，西塘的古香，是钱塘人家的不老情怀吗？

迷醉于此，梦里梦外。西塘的弄，逐一将乌篷、炊烟、扎肉和熊豆，一一抬高。

9

600多年了，西塘活成人们心中女神的模样，傍河如傍爱情，生死总依恋，风雨总相对。

白天它是圣女，晚上它是妖姬，迷恋它的人，涉水而来，失魂而去。

它时而古典，时而时尚，奔袭的人，愿在此

间不求繁华三千，但求岁月静好。

在西塘，举目之间，瓦当上卧着的青龙、白虎、朱雀，将历史的铜镜不断放大。

而铜镜之下，一个人戏服上的花草虫鱼，用另一种吴哥软语，应和着低处的酒旗和客栈。

10

如果你是从水泥森林的图表走来，请忽略罅隙中的天空而移步一种宅院，只在天井中做有趣的蛙，只在廊道里做弹性的蛐，只在阁楼上做剥豆的人。

如果正逢四月，你恰好被宅外的一树杜鹃点了名姓，那么恭喜你，你已正式进入西塘的生活。

不必用盘扣馆里的一颗盘扣作为进入方式，也不必用烟雨长廊里的一抹烟雨作为进入方式。

就以绣球抛掷直接连理杜鹃，给出人间情爱的盛名。

或者，做光阴的绣花人，用杜鹃的红，染几根漂亮的丝线，与西塘在情深处平行相逢。

11

尘世熙攘，只有西塘，愿意在拐弯处让出清凉，这水一样的器皿啊。

恋恋西塘，从恋字开始，集词语之大成：迷恋、留恋、爱恋、眷恋、依恋、暗恋到贪恋，点到语塞的西塘之恋，让人欲把异乡认故乡。

那慌乱中的颠三倒四，那春秋的水、唐宋的镇、明清的舍、现代的人。

那无数奔腾的海、陆、空的道路，那启事般的具体的乡愁。

12

我就要老去。

我在人间踏过的草，拔过的花，捅过的窝，都交由长寿的西塘帮我一一谢罪。

它代我用水的柔情致鱼以深情，代唇的忠诚予齿以安妥，西塘是永远年轻的祖母绿啊，总在用朴素的心经，编织人间最暖的情事。

在西塘，我们一再忽略手中的药丸和针尖，没有任何一种风寒不被内心辽阔的明媚所治愈。

西塘做到了镜中有浪动菱蔓，西塘也做到了

陌上无风飘柳花。

　　人生之境当如西塘，而手持月半的人，我们在此别过又重逢。

在西塘（组章）

张　静

流　水

如果流淌是一种命运，我愿做这些水。远离忧戚和哀思、纷争与是非，以苍凉之身扑向人间低处。深藏胸口泥沙粗粝的疼痛，对谁都守口如瓶，任何时候都不会打破禁言，到底替谁坚守这动荡的一生。

等待的人不来，我就不能轻易放逐，这透明的希望。也不能轻易袒露，深处的根和魂。

我把我养在流动的诗行，千年的抒情，没有什么破碎的东西，穿肠而过。我把我铺成蜿蜒的清澈之躯，一头倒在辽阔之上，昼夜接受地火的煎熬和铸造。

白天，我一把揽住刺眼的太阳，用年久失修的沉默，砂纸般细细打磨，磨成一颗晶莹的石头。

夜晚，我敞开深情，收留失眠的月亮，用近

乎死亡的平静，安抚她的不安、颠簸与流离。

星光迸溅的时辰，也是生命外溢的时辰，夜色的显影剂，我清晰得像一面刚刚出土的铜镜。

沿街的建筑、村落、树木、通向远方的桥，都在它苍茫的映照中。

身在其中，从未感到迷惘和踌躇，因为那人，还未出现在我充满活力的等待中。

他不现身，我就不会自断流水，自毁前程。

他不露面，我就不会老去，三尺青丝就不会一夜白头。

在西塘

一些迎面扑来的词：古朴，自然，缓慢，生态，幽静，拐个弯，又从身后抱住我。

一种节制的力，在这些词的内部盘根错节，时间日日浇灌，长成银杏树苍劲的未来，古藤曲折的暗香；长成粉墙黛瓦风致的雅韵，飞禽走兽活脱脱的神采；长成两岸鱼米温暖的生活，烟雨长廊不尽的生机；长成此刻我面前，一扇虚掩之门未被破坏的清净。

因此，我看见的世界，与一朵花目睹的，别

无二致。

人间浓缩在一张纸上，有一条河的长度，一座古镇的宽度，一首诗的深度。

一页情思，足够为跋涉的艰辛买单，大把大把消费，这消费不完的美景。痛痛快快花掉，这怎么也花不完的风光。这些年淤积在体内的疾患，一次挥霍干净。

抵达西塘，就是抵达了能使人复活的清风、鸟鸣和流水。

那一刻，我花团锦簇，忘了忧伤。

速　写

我带着木窗镂空的岑寂，进入这些古建筑。带着窑火冷却后的痛楚，仰望飞檐翘角。带着錾痕磨平后的光滑，跨过一道门槛。带着裂隙修复后的完整，触摸一根廊柱。带着悬崖上危险的美，叩问铺路的青石。带着心惊肉跳的眩晕，探视一眼深井。带着对情和爱不确定的猜想，接近美人靠。带着后来者必然的揣测，行动在古今之间。

这之间隔着更迭的朝代，吴王夫差与西施的传说，远去的蹄音、烽烟和战事；隔着南来北往的商贾，河埠的捣衣声，缆绳勒紧的孤寂；隔着说书人口中的悲欢离合，戏曲里翻卷的水袖，阁楼上一位小姐持久的眺望；隔着竹简，唐诗宋词，田歌，一幅江南的水墨画。

美人靠上的美人，早已不知所踪。游弋的烙铁，早已凉透。雕花之手，业已废去。深宅的主仆，皆已领到各自的命运。

我迁回在古人和今人之间，消逝和存在之间，那些灿烂的呼吸和心跳早已凋零，唯有这些建筑散发亘古之光，这足以证明，艺术是超越时空的，是任何力量都无法摧毁的，包括风暴和死亡。

灯　笼

一盏一盏，濯洗夜的灵。

淬火的身，借助层层叠叠的指引，通达深邃的光阴，记忆的核纷纷绽裂——

第一束光，来自消失的朝代，耀眼的智慧，穿透了密不透风的黑暗，为了建立另一种白昼，人们创造了灯笼，家家户户挂起了明亮的温暖。

第二束光，来自漆黑的魂魄，抱负、理想、仕途，夜夜轰鸣在生疼的思想，意志的火光，从底部飞升，引渡不熄的信念。

第三束光，来自最初的艺术，细篾或铁丝编织人类的梦，梦里栖息着人物、山水、花鸟、龙凤、鱼虫，明晃晃的剪影，闪烁古老的文明，擦亮了无知的暗寂。

第四束光，来自深宅大院，火塘在屋内澡浴寒冷的骨头，灯笼在檐下慰藉受伤的星辰，年轻的仆人布置好夜晚，就倒伏在寂静的角落，接听床榻折磨人的吱嘎声。

第五束光，来自一部书，元宵佳节社火花灯，满眼皆是夜的灰烬，读一次，那个女孩在命里被拐走一次。

第六束光，来自一座现代工厂，批量生产尘世的霓虹，满怀心跳的人，抱着柔软和刚烈，一寸一寸塑造幸福的日子。

……

第九十九束光，才来自古镇，曲水之上的屋檐、廊棚、乌篷船，灯火辉煌，像灵感激活一首诗一样，激活了乡愁里的怀念，一颗浪迹归来的心，百感交集。

暮　晚

黄昏，叩击人心的三件事物：教堂的钟声，甜蜜的桨声，落日坠地的轰响。

滂沱的暮色中，我第一次摒弃浑浊的前半生，摒弃失败、叹息、假想敌，摒弃困顿、悲苦、纠缠不休的疲累，将清空块垒的我，从一种纯粹拐向另一种纯粹。

一些明亮的东西，要放在暗寂的背景中才能看清它的轮廓：那些灯笼，刺向天空的檐角，瓦当上摇曳的草，戏台上的兰花指，胸前的纽扣，江南的吴侬软语，小桥流水的诗篇。

我一边走，一边阅读。

一把通灵的钥匙，旋开心的门，一种超越时光的思绪，像潮水倒灌进河流那样，倒灌进储满欢欣的生命。

我是谁？从哪里来，到哪里去？那么多方向，哪一条道路是往生的捷径？在西塘，是什么让我，敢于这样追问。

冥思的垂柳是答案，拱卫的桥是答案，跃出水面的鱼也是答案。

暮晚的风，减慢了脚步，我避开人群，独自走向孤单。

西塘芦苇

卢华斌

十里西塘微碧澜，眼前依约见秋峦。
无端两岸芦花雨，荻管轻摇作钓竿。

青玉案·西塘偶遇

唐　龙

　　碧纨萦叠鸳鸯浦。任打桨、船来去。琐阁云鬓低镜语。榴花衬眼，醪香漫户。伫眺游人误。

　　荇丝流采谁知苦。仄巷弯桥错肩处。脉脉同看风转絮。天光忽敛，鱼涡渐数。一霎无情雨。

行吟西塘

苏晓星

阶前碧水浮云影，近岸春风满雨廊。
尽饮花香浓胜酒，且携清梦醉西塘。

七律·西塘古镇

林 山

一道清溪绕舍流，数家门外泊轻舟。
半山雨霁云舒展，满地香侵草更柔。
鱼鸟不惊波上坐，炊烟未走竹边休。
长廊百里接乡镇，客步悠闲尽兴游。

西塘恋曲

张孝华

心如归燕恋檐房，小巷深深记忆长。
十里蛙声堪酌酒，千家灯火慢熬汤。
悠然船桨摇溪韵，俊俏村姑浣月光。
若问余生何所愿，诗书一册老西塘。

后 记

　　西塘，一个千年古镇。作为浙江省首批诗路黄金旅游线、诗路旅游目的地及培育地的西塘，是一个值得关注的吟诗圣地，对诗和远方的追求，都能在西塘得到满足。

　　由《星星》诗刊杂志社和中共嘉善县委宣传部主办，嘉善县文明办、嘉善县文化和广电旅游体育局、嘉善县文学艺术界联合会、嘉善县西塘镇人民政府、浙江西塘旅游文化发展有限公司和新浪嘉兴承办的第五届"恋恋西塘"诗歌大赛，得到了海内外诗人的大力支持。第五届"恋恋西塘"诗歌大赛的成功举办，进一步打造了文化西塘，提升了西塘在长三角生态绿色一体化发展示范区中的知名度。而这一赛事，也成为中国诗坛一个地域诗歌大赛的文学品牌。

　　第五届"恋恋西塘"诗歌大赛自2021年7月征稿启事刊登以来，在短短的两个月时间里，大赛组委会收到了来自北京、四川、浙江、贵州、新疆等全国各地8218位诗歌作者的29400余首诗歌。大赛组委会对所有参赛作品进行匿名编号，经过初评、复评，最后只有 60 件作品进入终评，经过终评评委打分，最终评出 37 件获奖作品，其中一等奖 2 名，二等奖 5 名，三等奖 10 名，优秀奖 20 名。遗憾的是，由于受疫情的影响，主办方无法在西塘举行第五届"恋恋西塘"诗歌大赛的颁奖典礼。

2022 年 6 月，备受瞩目的"诗画江南，活力浙江"省域品牌主题词活动，打开了浙江人的畅想空间：如诗如画的山水风光、绵延不断的两浙文脉，江南的自然与人文，浙江的精神与气度。嘉善西塘和浙江的其他地方一样，也是最能展现"诗画江南，活力浙江"的地方，漫步在水乡西塘，多了一丝沁人心脾的诗意。历经岁月积淀，那些如诗如画的水乡风光，已经与人相生相融，构建了一幅"诗画江南"的美好图景。

法国地理学家阿·德芒戎曾说："凡是人类生活的地方，无论何处，他们的生活方式中，总是包含着他们与地域基础之间的一种必然的关系。"那些生于西塘、长于西塘的人们，也最善于从熟悉的土地中汲取灵感。西塘与水是密不可分的，水蕴藏着西塘的历史和人文记忆。"诗画江南"的西塘，就是诗中有画、画中诗，带有水墨江南的韵味，这种意境会展现出一种画面感，令人遥想诗与远方。"诗画江南，活力浙江"的西塘，都不是虚的，是可以触摸的，或者说，就蕴藏在日常的生活里。

　　我们有理由相信，"恋恋西塘"诗歌大赛，为西塘传承文化基因、延续西塘历史文脉，打造"诗画江南，活力浙江"的品牌，起着很好的促进作用。

　　我是坐着高铁抵达西塘的
　　乌篷和列车在我内心不断交替呈现着
　　此刻在西塘，慢和快是同义词
　　灵魂和身体，一起押着水的风韵
　　　　　　　　——陈于晓《慢，是快的同义词》

　　坐在临街的窗口看着来来往往的游人，坐在临水的窗口听着欸乃的橹声，由远及近，由近及远，生活放慢了速度，人生充满着诗意。

　　　　　　　　　　　　　　2022年8月